W0339076

MAN OF STEEL™

LA NAISSANCE D'UN SUPER-HÉROS

Copyright © 2013 DC Comics.
SUPERMAN and all related characters and elements
are trademarks of and © DC Comics.
WB SHIELD: TM & © Warner Bros. Entertainment Inc.
(s13)

Adapté par Frank Whitman.
D'après le film MAN OF STEEL.
Scénario de DAVID S. GOYER.
Histoire de DAVID S. GOYER et CHRISTOPHER NOLAN.

RMAN a été créé par JERRY SIEGEL et JOE SHUSTER.

Ce roman a paru en 2013 chez HarperCollins Publishers
sous le titre *Man of Steel: The Early Years.*

© Hachette Livre, 2013 pour la présente édition.

Olivier Gay pour la traduction.
Audrey Thierry pour la création graphique.

Hachette Livre, 43, quai de Grenelle, 75015 Paris

MAN OF STEEL

LA NAISSANCE D'UN SUPER-HÉROS

hachette
JEUNESSE

Courageux et épris de justice, Superman veille sans relâche sur la ville de Metropolis et ses habitants. Admiré de tous, il met sa force et ses pouvoirs extraordinaires au service de l'humanité. Pourtant, l'Homme d'Acier a longtemps dû dissimuler ses incroyables aptitudes au reste du monde... jusqu'à ce qu'il découvre qui il était réellement !

SUPERMAN

PROLOGUE

Le tremblement de terre frappe sans prévenir.

Il y a encore une minute, le printemps ensoleillait le centre-ville de Metropolis. La foule avait envahi les trottoirs et les terrasses des cafés. Les taxis et les camions affrontaient les embouteillages de midi à coups de klaxon. Les gens discutaient au téléphone en promenant leur chien ou en attendant que le feu passe au vert. Un métro circulait à toute vitesse sur la voie aérienne. Un vendeur à la sauvette, installé sous un parasol, proposait des hot-dogs et des boissons fraîches.

— Hot-dogs ! criait-il à la cantonade. Deux pour le prix d'un !

Une minute plus tard, une violente secousse parcourt la ville. Un grondement sourd s'élève des profondeurs de la terre et recouvre tous les bruits de la rue. Les gigantesques gratte-ciel oscillent comme des arbres dans le vent. Les piétons, surpris, titubent et perdent l'équilibre. Ils s'accrochent aux lampadaires et aux kiosques à journaux pour ne pas tomber. Des chiens terrifiés aboient et tirent sur leur laisse. De la poussière et de la suie tombent des corniches. Un climatiseur vient s'écraser sur la route, à quelques centimètres d'une femme qui pousse un chariot rempli de fleurs.

— Bon sang ! s'exclame le vendeur. Qu'est-ce que…

Il s'appelle Tony et vend ses hot-dogs ici depuis qu'il est en âge de travailler. Pourtant, il n'a jamais rien vu de pareil.

Il s'accroche fermement à son stand, qui tremble comme une machine à laver en plein essorage. Quelques saucisses bouillies glissent sur le sol. Des bouteilles de ketchup et des pots de moutarde s'écrasent sur la chaussée. Les pavés tremblent sous les pieds de Tony. Au début, il a cru qu'il s'agissait juste des vibrations du métro souterrain, mais celles-ci ne cessent d'augmenter, jusqu'à ce qu'il réalise ce qu'il se passe.

C'est un tremblement de terre !

Les gens affolés courent tout autour de lui, à la recherche d'un abri sous un porche ou d'une entrée de métro. Les voitures et les camions freinent brutalement et s'encastrent les uns dans les autres.

Le bruit du métal ajoute encore au chaos. La foule hurle en fuyant les rues. Tony voudrait la suivre, mais il n'ose pas abandonner son stand.

Il attend une minute de trop.

Près de lui, un conducteur perd le contrôle de son camion. Le lourd véhicule rate le virage et heurte le trottoir. Le conducteur klaxonne frénétiquement en dérapant vers le stand de Tony. Il freine de toutes ses forces, mais ne peut s'arrêter à temps. Tony reste figé de terreur devant le trente-trois tonnes qui fonce sur lui.

— Au secours ! murmure-t-il. Aidez-moi, je vous en prie...

Soudain, un homme surgit du ciel et atterrit devant le véhicule incontrôlable. Il porte un « S » rouge vif sur son large torse. Son justaucorps bleu et sa longue cape rouge sont connus partout dans le monde. L'homme se tient sans peur entre le vendeur et le camion. Sa cape ondule dans le vent.

Tony écarquille les yeux en reconnaissant le nouveau venu.

— Superman ! bredouille-t-il.

Tout le monde à Metropolis connaît l'Homme d'Acier, mais c'est la première fois que Tony voit le super-héros d'aussi près. Soudain, il reprend espoir.

— Tout va bien, dit Superman. Vous êtes en sécurité.

Le camion file vers Superman, qui ne semble pas s'en inquiéter. Il tend les bras et stoppe le véhicule à mains nues. Le métal grince, et le camion s'arrête comme s'il avait heurté un mur. L'airbag jaillit pour protéger le conducteur de l'impact. De la vapeur s'échappe du moteur détruit.

Superman n'a pas senti le choc, il n'a même pas bougé. Il scanne le conducteur avec sa super-vision pour s'assurer que l'homme va bien et ne repère aucune fracture. Il s'écarte de la carcasse du camion et vérifie cette fois l'état de Tony.

— Vous allez bien ? lui demande-t-il.

— Je crois, oui, répond le vendeur, incrédule. Grâce à vous, Superman !

Le super-héros hoche la tête. Maintenant que les deux hommes sont en sécurité, il s'envole telle une fusée. Le tremblement de terre continue, et on a besoin de lui ailleurs. La vraie question, c'est de savoir à quel endroit il sera le plus utile alors que la ville entière tremble sur ses bases.

Défiant la gravité, Superman vole au-dessus de Metropolis, plus haut que le plus grand gratte-ciel de la ville. Il effectuait une patrouille de routine lorsque le tremblement de terre a commencé et a mis en danger la vie de citoyens à des kilomètres à la ronde. Il a déjà sauvé plusieurs personnes, dont deux laveurs de vitres en chute libre, mais il sait que ce n'est que le début. Il entend toujours un grondement sourd sous l'écorce terrestre, au milieu des cris de détresse des habitants de Metropolis.

Voilà un travail pour Superman.

Son ouïe surnaturelle enregistre soudain un craquement sec. Il regarde vers le bas et aperçoit une gargouille de pierre qui se détache du haut d'un immeuble de quatre étages. La décoration hideuse tombe vers la rue, en direction d'une joggeuse pétrifiée de terreur. La femme s'accroche tant bien que mal à un lampadaire, sans avoir la moindre idée de la menace qui arrive du ciel.

Mais Superman a vu qu'elle était en danger et sait comment agir.

Ses yeux se mettent à rougeoyer, comme des chardons ardents. Deux rayons en jaillissent et fusent vers la gargouille. La statue explose, et seules des cendres finissent par tomber sur la joggeuse. La femme lève enfin la tête, surprise, et voit le superhéros disparaître au loin à super-vitesse.

C'était juste, pense Superman. *Trop juste.*

Examinant la ville depuis les airs, il découvre une menace encore plus importante. Un rail aérien qui court deux étages au-dessus du sol vient de s'effondrer à quelques pâtés de maisons. Un train rempli de touristes et de travailleurs se dirige vers le trou à toute vitesse. Le conducteur tire le frein de toutes ses forces, et des étincelles crépitent, mais le train va trop vite. Dans quelques secondes, les wagons vont se précipiter dans le vide et s'écraser dans la rue en contrebas !

Sauf si Superman arrive à temps.

Accélérant au maximum, il plonge du ciel et vole sous le train. Le wagon quitte les rails, se retrouve dans les airs… mais

Superman l'attrape ! Les hurlements de terreur se transforment en cris de joie et en applaudissements tandis que le super-héros soulève le train au-dessus de sa tête et l'empêche de s'écraser.

— C'est bon, je vous tiens, rassure-t-il les passagers.

Il cherche autour de lui un endroit sûr pour poser sa charge. Il n'a pas confiance dans les rails à moitié effondrés et vole jusqu'à un jardin public un peu plus loin. Il dépose délicatement le train au milieu d'un grand champ. Malgré le tremblement de terre, les spectateurs ne peuvent s'empêcher d'écarquiller les yeux devant ce spectacle. Superman se rue vers la sortie de secours et arrache la porte à mains nues. À l'intérieur, les gens ont l'air choqués mais sains et saufs.

— Terminus ! lance Superman. Tout le monde descend !

Les secousses commencent à se calmer, mais le travail du super-héros n'est pas encore terminé. Il abandonne les passagers, reconnaissants, puis s'envole pour observer de nouveau Metropolis depuis le ciel.

Des monceaux de gravats encombrent la chaussée et les trottoirs. Des flammes s'échappent de fissures dans le sol, certaines assez grandes pour engloutir un bus entier. Des habitants sous le choc quittent nerveusement leur abri pour constater les dégâts. Des voitures de police, des camions de pompiers et des ambulances passent dans tous les sens pour gérer les conséquences du tremblement de terre. Leurs gyrophares renvoient une lumière rouge et leurs sirènes résonnent dans toute la ville.

Metropolis ressemble à une zone sinistrée. Superman sait que ça pourrait être pire, mais ça n'en est pas moins difficile à regarder. Cette destruction à grande échelle lui rappelle un cataclysme encore plus important, il y a des années de cela, et le long voyage épuisant qui l'a conduit à devenir Superman.

Ce voyage a commencé sur une planète inconnue, à de nombreuses années-lumière de la Terre…

— Je ne peux pas ! Je ne peux pas faire ça !

Lara Lor-Van berce son nouveau-né dans ses bras. C'est une superbe femme aux cheveux noirs, qui porte une belle robe de soie. Elle s'accroche à son bébé en faisant les cent pas dans un observatoire de la planète Krypton.

L'observatoire se trouve à l'intérieur d'une citadelle au toit en dôme, au sommet d'une sombre falaise escarpée surplombant une étendue sauvage, peuplée de créatures exotiques. Un vieux soleil rouge se couche à l'horizon pendant qu'elle implore son mari, Jor-El, le plus grand scientifique de leur monde. Il porte le blason de la maison El sur son justaucorps bleu marine, au niveau du torse.

Cela ressemble beaucoup à la lettre S.

— Nous n'avons pas le choix, Lara, répond-il doucement. Krypton est condamnée.

Leur planète abrite une civilisation scientifiquement avancée. Les habitants de Krypton ont prospéré pendant des centaines de milliers d'années ; mais lorsqu'ils ont commencé à manquer d'énergie, ils ont stupidement essayé d'en extraire du centre même de leur planète. Cela a provoqué une grave réaction en chaîne. Jor-El a tenté de mettre en garde les autres Kryptoniens, mais personne ne l'a écouté. Personne ne voulait croire que la planète tout entière allait bientôt exploser.

— Ce vaisseau spatial est la seule chance qu'a Kal-El de s'en sortir, rappelle Jor-El. J'ai trouvé un nouveau monde pour lui, un monde dont les habitants nous ressemblent beaucoup. Le soleil jaune de cette planète remplira ses cellules d'énergie. Il sera plus rapide, plus fort que n'importe qui là-bas. Il sera *en sécurité*, Lara, ajoute-t-il en se penchant sur le bébé.

— Attends ! supplie-t-elle. Pas encore ! Laisse-moi un moment...

— Nous n'avons pas le temps. Nous devons lui dire au revoir.

Il prend le bébé à sa femme et le dépose dans une capsule spatiale qu'il a conçue lui-même. Ce vaisseau expérimental s'apparente à un gros rocher, avec des bords arrondis comme la carapace d'un énorme animal marin. Lara et lui se sont dépêchés de construire cette capsule, tout juste assez grande pour envoyer leur fils dans l'espace. Il n'y a pas de place pour Jor-El ou Lara. Ils vont devoir rester et mourir avec leur monde.

Mais leur fils survivra.

Jor-El sent lui aussi son cœur se serrer. Il ne veut pas plus abandonner son enfant que Lara, mais ils n'ont pas le choix. Krypton ne survivra plus longtemps maintenant. Des secousses violentes et des éruptions volcaniques déchirent la surface de la planète tandis que le Grand Conseil refuse de voir la vérité en face.

— Dors, mon fils, murmure Jor-El. Tous nos rêves et nos espoirs t'accompagnent.

Il glisse un petit objet sombre dans le berceau, à côté du bébé. Cela ressemble à un clou, noir et poli, sur la tête duquel est gravé le blason de leur famille. En théorie, celui-ci aidera un jour Kal-El à découvrir son héritage kryptonien.

Jor-El aimerait tellement connaître l'homme que deviendra son fils...

Un tremblement de terre secoue la citadelle. De la poussière et des débris tombent du plafond. Jor-El trébuche et manque de perdre l'équilibre. Il se raccroche à un panneau de contrôle pour ne pas tomber. Lara pousse un cri de surprise.

— Ça commence, souffle-t-elle. Comme tu l'avais prédit.

Son époux hoche sombrement la tête.

— Les secousses deviennent de plus en plus violentes. La réaction en chaîne s'accélère. Bientôt, la planète entière va exploser.

Jor-El vérifie de nouveau que le système de propulsion et les équipements de survie fonctionnent. Des robots-assistants préparent le vaisseau au décollage.

— Nous n'avons plus de temps à perdre, dit Jor-El.

La trappe se ferme automatiquement, enfermant le bébé à l'intérieur de la capsule. Celle-ci se remplit d'un gel protecteur qui isolera le petit passager des dangers de l'espace.

Lara rejoint Jor-El. Enlacés, ils regardent le vaisseau se mettre en position inclinée en direction d'une ouverture dans le plafond. Au travers, on peut voir le crépuscule rouge pâle de Krypton. Les deux parents tendent ensemble la main vers le panneau de contrôle et lancent le dernier programme.

— Adieu, Kal-El, dit sa mère. Bon courage !

Les propulseurs s'allument, plus brillants que le soleil. Le vaisseau fuse en direction des étoiles. Jor-El et Lara le regardent filer jusqu'à ce qu'il ne soit plus qu'un minuscule point dans le ciel. Bientôt, ce point disparaît aussi.

Un nouveau tremblement de terre secoue l'observatoire, encore plus violent que le précédent. Jor-El sait que le désastre final commence. D'énormes volcans entrent en éruption partout sur la planète, crachant leur lave d'un vert brillant. Des cités entières sont déjà englouties sous une mer de feu. Bientôt, le globe tout entier explosera. Il ne restera de Krypton que des déchets radioactifs qui dériveront dans l'espace. Jor-El et Lara ont fait décoller le vaisseau juste à temps.

Krypton va mourir, mais leur enfant vivra, quelque part, dans un monde lointain.

CHAPITRE 2

Le vaisseau file dans l'espace. Il traverse l'univers et l'obscurité infinie entre les étoiles. Sa solide carapace extérieure le protège des dangers du voyage : astéroïdes, comètes, éruptions solaires ou encore radiations cosmiques. Des moteurs spéciaux, inventés par Jor-El, lui permettent de dépasser plusieurs fois la vitesse de la lumière, pendant que le petit Kal-El dort paisiblement à l'intérieur. L'explosion qui a détruit Krypton a secoué un instant la capsule, mais le bébé n'a pas été blessé. Il n'a pas la moindre idée de la vie incroyable qui l'attend.

Finalement, le vaisseau atteint sa destination : un système solaire lointain, à de nombreuses années-lumière des vestiges de Krypton. Plusieurs planètes tournent autour d'un brillant soleil jaune, apparu il y a moins de cinq milliards d'années. Le vaisseau dépasse les mondes les plus éloignés, y compris un géant entouré d'anneaux, et parvient à traverser sans encombre une ceinture d'astéroïdes avant de s'approcher de la troisième planète la plus proche du soleil. Ce monde bleu et vert est largement recouvert d'eau, mais on y trouve plusieurs grands continents et deux calottes polaires blanches. Son atmosphère riche en oxygène, bien que différente de celle de Krypton, a permis à la vie de s'y développer. Son soleil, plus jeune que le grand soleil rouge témoin de la destruction de Krypton, l'enveloppe dans sa lumière et sa chaleur. Faune et flore abondent sur cette planète que ses habitants appellent… la Terre.

Le vaisseau ralentit et quitte la vitesse-lumière. Il vole toujours à plusieurs milliers de kilomètres-heure et dépasse la lune pour pénétrer dans l'atmosphère terrestre. La chaleur de la friction rougit la capsule, mais la coque de celle-ci, résistante au feu, protège le bébé. Le vaisseau plonge à travers les nuages et se dirige vers un large continent dans l'hémisphère nord de la planète, dont les plaines à perte de vue permettent un atterrissage en douceur.

Le long voyage de Kal-El vient de se terminer... et sa nouvelle vie va bientôt commencer.

— Regarde, Jonathan !

Jonathan plisse les yeux pour voir ce que sa femme Martha lui montre. Ils viennent d'acheter des provisions à Smallville et rentrent en voiture dans leur ferme du Kansas. Le ciel est clair en cette nuit d'automne étoilée, mais Jonathan remarque rapidement une lumière scintillante qui fuse vers la Terre comme une météorite. Il s'attend à la voir disparaître bien avant qu'elle touche le sol, mais elle semble au contraire devenir plus grande et plus brillante. L'homme écarquille les yeux, inquiet.

— Ça se dirige vers la ferme ! s'écrie-t-il. *Notre* ferme !

Cela fait cinq générations que la famille Kent exploite ces terres. Jonathan sent son cœur se serrer. Il appuie sur l'accélérateur de sa camionnette poussiéreuse et roule à toute vitesse en direction de leur propriété. Martha et lui échangent des regards anxieux.

— Et si jamais ça touchait notre maison ? demande-t-elle. Ou la grange ?

— Je ne sais pas, répond-il sombrement.

La ferme familiale des Kent apparaît à l'horizon. La lumière de la lune éclaire la maison, la large grange peinte en rouge et le silo à grains. Un grand moulin à vent domine tous ces bâtiments, au milieu des champs de blé et de maïs qui attendent d'être moissonnés. Le météore siffle à travers le ciel comme un missile, auréolé de flammes.

— Attention ! crie Jonathan. Ça va s'écraser !

Le météore heurte un champ de maïs avec une violence inouïe, dans une explosion de terre et de poussière. La route tremble, et Jonathan se bat pour garder le contrôle de son véhicule qui se met à déraper. Il évite de peu un poteau téléphonique avant de réussir à revenir sur le chemin. Il freine, et la camionnette finit par s'arrêter en grinçant. Martha et lui sortent du véhicule. Ils ont du mal à respirer. Les yeux grands ouverts, ils regardent l'épais nuage qui s'est formé au-dessus de leur champ. Des rangées d'épis de maïs les empêchent de voir le lieu de l'accident.

— Qu'est-ce que... qu'est-ce que c'était ? balbutie Martha.

— Allons voir ! répond Jonathan.

La poussière commence à se dissiper. Jonathan est soulagé que le météore n'ait pas touché leur maison. Il espère que leurs récoltes n'ont pas été trop abîmées...

Soudain, il aperçoit quelque chose qui l'inquiète encore plus.

De la fumée s'échappe de son champ, là où la météorite – ou quoi que ce soit d'autre – s'est écrasée. Il sent une odeur de brûlé.

— Les récoltes ! s'exclame-t-il. Elles ont pris feu !

La caserne des pompiers de Smallville est à des kilomètres d'ici. Les fermiers n'ont pas le temps de courir chez eux pour appeler les secours. Ils doivent éteindre ce feu, et vite, avant que celui-ci ne détruise une année de travail. Jonathan s'empare d'une bâche épaisse à l'arrière de sa camionnette. Il court vers les champs avec Martha en se repérant grâce à la fumée. Leurs cœurs battent très fort.

— Vite ! lance Jonathan. On peut peut-être éteindre le feu avant qu'il se propage !

Martha le suit à travers les rangées d'épis de maïs. Elle est inquiète : que feront-ils s'ils se trouvent coincés au milieu des flammes sans pouvoir fuir ? Et si le champ tout entier prenait feu ?

— Fais attention ! crie-t-elle. Nos vies valent plus que ce maïs !

Ils traversent la dernière rangée, et ce qu'ils découvrent les stupéfie : un vaisseau spatial de la taille d'un tracteur gît au fond d'un cratère au milieu du champ. Quelques épis de maïs écrasés ont pris feu lors de l'atterrissage de la capsule.

Jonathan comprend tout de suite qu'il ne s'agit pas d'une météorite ordinaire, mais la priorité reste d'éteindre les flammes. C'est leur revenu qui en dépend : s'ils perdent leur récolte, ils pourraient également perdre la ferme.

— Attends ! l'interrompt Martha. Est-ce que tu as entendu ?

Jonathan n'entend d'abord que le crépitement des flammes... Soudain, il perçoit quelque chose d'autre. Quelque chose de complètement inattendu.

Les pleurs d'un bébé !

— Mon Dieu ! s'exclame Martha. Ça vient de l'intérieur cet engin !

Jonathan se frotte les yeux, abasourdi. Un bébé ?

— Il est en danger, Jonathan ! continue-t-elle. Il faut le sauver !

— Je sais, répond-il.

Éteindre le feu est désormais une question de vie ou de mort. Martha et Jonathan dévalent les parois du cratère en glissant sur la terre meuble. Ils ne se soucient plus de la récolte ni de leur propre sécurité : ils doivent sauver l'enfant qui se trouve à l'intérieur de cette capsule.

Jonathan utilise la large bâche pour étouffer les flammes les plus hautes, tandis que Martha s'occupe des plus petites avec sa veste. Ils ne peuvent se permettre d'ignorer une seule étincelle, ou le champ entier s'embrasera.

La chaleur est intense, effrayante. La fumée leur pique les yeux. La sueur coule sur leur front alors qu'ils combattent le feu jusqu'à ce qu'enfin le dernier foyer s'éteigne. Une odeur de pop-corn flotte dans l'air. Jonathan écrase une braise obstinée du talon de sa botte.

— C'est fini, je crois, halète-t-il, le visage couvert de suie.

Il regarde autour de lui pour vérifier qu'ils n'ont rien oublié, mais il ne voit que des cendres. Il a des crampes aux bras et lâche enfin la bâche, brûlée en plusieurs endroits.

— Dieu soit loué ! soupire Martha. Et le bébé ?

Jonathan ne l'a pas oublié. Il l'entend toujours pleurer à l'intérieur du vaisseau écrasé. Maintenant que le feu est éteint, le fermier peut enfin examiner l'ovni et découvrir l'origine des larmes.

— Qui peut bien laisser tomber un bébé du ciel ? demande Martha.

— Si seulement je le savais... répond Jonathan.

Ils s'approchent prudemment de l'appareil. Un panneau noirci par la chaleur coulisse sur le côté pour révéler une cavité rembourrée au milieu de la capsule. À l'intérieur se trouve un bébé en bonne santé qui pleure à perdre haleine. À la grande surprise des fermiers, le nouveau-né n'a pas l'air d'avoir été blessé, ni par le feu ni par le choc. Il ne présente pas la moindre trace de brûlure.

— Oh, le pauvre chou !

Martha se précipite pour secourir l'enfant. Elle le libère de son vaisseau et le berce tendrement dans ses bras. Réconforté, le bébé s'arrête de pleurer. Il regarde Martha et Jonathan avec ses grands yeux bleus. Un duvet de cheveux noirs recouvre son crâne.

— D'où… d'où crois-tu qu'il vienne ? demande Martha.

Jonathan examine le vaisseau spatial sans trop s'approcher. Ça ne ressemble à rien qu'il ait déjà vu, sauf peut-être dans des films de science-fiction. On dirait presque quelque chose de biologique, comme si on avait fait *pousser* la capsule plutôt que la construire. Des plaques d'os solidifiés se chevauchent pour former la carapace extérieure. Le rembourrage à l'intérieur ressemble à de la soie, recouverte d'une couche de gel protecteur.

— Je ne sais pas, marmonne-t-il. Peut-être de Russie ?

Martha secoue la tête.

— Regarde ce vaisseau, Jonathan. Tu trouves vraiment qu'il ressemble à quoi que ce soit sur Terre ?

— Pas vraiment… répond-il en levant les yeux pour regarder les étoiles. Tu penses que ça vient… d'ailleurs ?

Il observe le bébé dans les bras de son épouse. Celui-ci a l'air tout à fait normal – mais est-il vraiment un visiteur d'une autre planète ? Jonathan ne s'est jamais vraiment posé de questions sur les extraterrestres et les ovni jusqu'à maintenant. Il lui est difficile de croire qu'une soucoupe volante a atterri dans son champ.

Mais d'où pourrait venir ce bébé, sinon ?

— J'imagine qu'on doit prévenir la police, conclut-il.

— Non ! proteste Martha avec une force surprenante. On ne peut pas livrer ce pauvre bébé au gouvernement ! Qui sait ce qu'ils lui feront, surtout s'ils pensent que c'est un envahisseur extraterrestre ou je ne sais quoi. Ils pourraient l'enfermer quelque part dans un laboratoire… ou pire, ajoute-t-elle en s'accrochant fermement au bébé. Regarde-le, Jonathan ! C'est juste un bébé. Il a besoin de quelqu'un qui s'occupe de lui, quelqu'un qui l'aimera, peu importe d'où il vient.

— Quelqu'un comme nous ? demande Jonathan.

Ils ont toujours voulu avoir un enfant, mais le destin le leur a refusé. Maintenant, il semblerait qu'un bébé leur soit littéralement tombé du ciel.

— Pourquoi pas ? s'obstine Martha.

— Mais on ne peut pas adopter un bébé en claquant des doigts ! s'exclame Jonathan. Ce n'est pas comme ça que ça se passe. Il y a des lois, des règles pour ce genre de chose. Tu ne peux pas adopter un bébé comme si c'était un chat errant que tu aurais trouvé sous ton porche.

Martha désigne le vaisseau spatial du menton.

— Il n'y a rien de normal dans cette situation, Jonathan. Je ne pense pas que les règles habituelles s'appliquent aux bébés venus de l'espace.

Son époux réalise qu'elle a pris sa décision. Pour être honnête, il n'a pas plus envie qu'elle de livrer le bébé au gouvernement. L'arrivée d'un extraterrestre peut faire peur à beaucoup de monde, et les gens effrayés prennent parfois des décisions dangereuses. Ils pourraient penser que ce bébé est un monstre et l'emprisonner ou même le tuer. Ou alors des scientifiques tenteraient toutes sortes d'expériences sur lui.

Jonathan n'a pas l'intention d'accepter ça.

— Bon, comment on l'appelle, dans ce cas ?

— Je pensais l'appeler Clark.

Martha sourit au bébé qui gazouille, heureux dans ses bras.

— Clark Kent.

— Il n’arrête pas de pleurer, explique Martha au médecin.

Le pauvre bébé est assis sur la table d’examen, dans le bureau du docteur Whitaker, et ses parents adoptifs le regardent avec inquiétude. Jonathan et Martha n’ont d’abord pas voulu amener leur enfant chez un médecin, de peur qu’une analyse poussée ne révèle ses origines surnaturelles, mais les larmes ininterrompues de Clark ne leur ont pas laissé le choix. Pas juste à cause du manque de sommeil, mais aussi parce qu'ils craignent que le bébé soit réellement malade. Après tout, que savent-ils de la façon dont on prend soin d'un extraterrestre ? De temps en temps, Clark semble avoir du mal à respirer, comme s'il n'arrivait pas à s'adapter à l'atmosphère terrestre. Cela paraît s'arranger petit à petit, mais ses pleurs sont peut-être la conséquence d'un problème plus profond, dont ils n'ont pas la moindre idée.

— Ce n'est sans doute qu'une colique, répond le docteur Whitaker.

Le pédiatre aux cheveux gris est une célébrité à Smallville, où il a soigné plusieurs générations d'enfants. Il examine Clark à travers une épaisse paire de lunettes.

— Certains bébés sont plus sensibles aux sons et aux odeurs que d'autres, reprend-il. Ça les perturbe jusqu'à ce qu'ils s'y habituent.

Il apporte un appareil pour mesurer l'audition de Clark. Il installe une extrémité dans l'oreille du bébé et raccorde l'autre à son dispositif de mesure.

— Ne vous inquiétez pas, rassure-t-il les parents. Ce test est complètement sans douleur.

Jonathan et Martha se regardent avec anxiété. Ils ne savent pas comment Clark va réagir ni ce qu'il pourrait se produire s'il prenait peur. Clark n'est pas comme les autres enfants, ils s'en sont déjà rendu compte.

— Je ne suis pas sûr que ce soit une bonne idée, commence Jonathan. Peut-être que…

Le docteur a l'habitude des patients angoissés.

— Détendez-vous, insiste-t-il. C'est un examen de routine.

Il met l'appareil en route.

Les hurlements de Clark augmentent soudain en intensité… jusqu'à un niveau surhumain. Il crie assez fort pour briser toutes les fenêtres du cabinet. Dans la salle d'attente de la clinique, un distributeur de bonbons explose, déversant son contenu sur le tapis. Un aquarium se fissure et inonde la salle d'attente. À l'extérieur, des alarmes se déclenchent alors que les pare-brise des voitures et les vitrines des magasins se fendillent. Même les lunettes du docteur éclatent en morceaux. Whitaker écarquille les yeux derrière ses verres cassés.

— Qu'est-ce que…

Jonathan bondit et retire l'appareil de l'oreille de Clark. Martha prend le bébé dans ses bras et il arrête aussitôt de pleurer.

C'est le moment de partir. Le docteur est trop choqué pour protester alors que les Kent s'échappent de son bureau. Martha grimace devant le désordre de la salle d'attente, mais la réceptionniste est trop occupée à sauver le poisson de l'aquarium pour remarquer leur départ.

Dehors, ils sont de nouveau accueillis par du verre brisé et des regards perdus. Partout, les fenêtres sont cassées. Même les feux de signalisation ne fonctionnent plus. Les passants se regardent avec perplexité. Le bébé Clark se met à glousser devant la confusion, mais ses parents secouent la tête, désespérés. Ils se dirigent le plus vite possible vers leur camionnette.

— Je savais que c'était une erreur de venir ici, marmonne Jonathan.

— On dirait bien, acquiesce Martha.

Elle espère que les gens vont trouver une explication rationnelle à ces dégâts, comme un tremblement de terre ou encore un avion qui aurait dépassé le mur du son, plutôt que les simples pleurs d'un bébé. Cela paraîtra plus vraisemblable à la plupart des gens. En tout cas, *elle* trouve ça bien plus facile à croire.

Quoi qu'il en soit, Martha et Jonathan ont appris une leçon essentielle : plus de médecin pour Clark.

— Répète-moi où tu as trouvé ça ? demande le professeur.

Il tend l'échantillon à Jonathan. C'est un morceau de métal de la mystérieuse capsule spatiale. Lors de l'atterrissage, l'un des panneaux extérieurs a été particulièrement endommagé, et Jonathan a réussi à en arracher une toute petite partie, grande comme le pouce. Il s'est rendu jusqu'à l'Université du Kansas pour qu'un métallurgiste compétent puisse l'étudier. Il prend un risque en montrant cet objet à une personne extérieure au cercle familial. Mais après l'incident au cabinet du docteur, Jonathan est prêt à tout pour trouver un indice sur l'endroit d'où vient Clark.

— Je suis désolé, je ne peux pas te le dire, répond-il. C'est confidentiel.

— Hélas, je m'en doutais, soupire le professeur Metcalfe.

Il a environ le même âge que Jonathan. Il regarde l'échantillon avec convoitise. Il n'a manifestement aucune envie de s'en séparer.

— Cet objet ne ressemble à rien de ce que j'ai pu voir jusqu'ici. Je l'ai soumis à tous les tests auxquels j'ai pu penser, et je n'ai toujours pas réussi à l'identifier. Certains éléments de ce métal ne se trouvent même pas sur le tableau périodique !

Jonathan est un fermier, pas un scientifique, mais il comprend à quel point cette information est importante. Il se souvient de ses cours du collège : le tableau périodique est un document qui recense tous les éléments connus par la science moderne.

— Est-ce que ça peut provenir d'un endroit… qui ne serait pas sur la Terre ? demande-t-il.

— Comme d'une météorite ou d'un astéroïde ? s'interroge le professeur à voix haute. Peut-être. En tout cas, ça n'a manifestement rien de terrestre.

Jonathan hoche la tête. Cela ne fait que confirmer ce que sa femme et lui ont toujours suspecté : Clark vient d'une autre planète, même s'il ressemble à un humain comme deux gouttes d'eau. Il ne sera jamais un petit garçon normal.

— Tu es sûr que je ne peux pas montrer cet échantillon à quelques collègues ?

insiste Metcalfe. Je connais plein de scientifiques, partout dans le monde, qui rêveraient d'étudier un objet comme celui-là.

Jonathan sait que le professeur doit mourir de curiosité. Il s'en veut de le décevoir, mais Clark passe avant tout. Le fermier n'ose pas imaginer comment les gens réagiraient s'ils apprenaient qu'un extraterrestre vit à Smallville. Il faut qu'il garde le secret de son fils jusqu'à ce que celui-ci soit assez grand pour prendre lui-même la décision de révéler son origine.

— Pour l'instant, j'aimerais que tu oublies tout cela, explique-t-il. Je suis désolé. Je sais que c'est beaucoup te demander...

— Allons, à quoi servent les amis ? répond Metcalfe. Je garderai le silence, en souvenir du passé.

Lui et Jonathan ont joué au football américain ensemble à Smallville, il y a des années de ça. Le fermier lui a même sauvé la vie un jour, alors qu'il était passé à travers la glace d'une rivière gelée. Jonathan lui fait confiance pour tenir sa promesse.

Il range l'échantillon bien au chaud dans sa poche. Le reste du vaisseau spatial est déjà caché dans la vieille grange à côté de la ferme. Jonathan a utilisé un tracteur pour traîner la capsule loin du cratère avant de reboucher le trou. Ça lui a demandé beaucoup de travail, mais toutes les preuves de l'arrivée spectaculaire de Clark ont désormais disparu. Jonathan espère que cela suffira.

— Tu veux bien détruire tes rapports d'analyse ? demande-t-il.

— Si tu insistes, accepte Metcalfe en haussant les épaules. C'est aussi bien. De toute façon, personne n'aurait cru les résultats.

CHAPITRE 4

Trois ans plus tard…

— Clark, chéri, lâche ton jeu de construction, nous avons des invités.

Martha se tient sous le porche et regarde nerveusement la berline des visiteurs approcher de la ferme. C'est une belle journée de printemps, pourtant un frisson lui parcourt le dos. Elle se demande s'il est trop tard pour annuler cet après-midi de jeux.

Peut-être que c'est une mauvaise idée.

D'un autre côté, ils ne peuvent pas cacher Clark à leurs voisins indéfiniment. Lui aussi a le droit de jouer avec des enfants de son âge. Elle a donc invité Sarah Lang chez elle. La petite fille de Sarah, Lana, n'a que quelques mois de moins que Clark, qui vient de fêter son troisième anniversaire.

Bien entendu, Martha ne connaît pas la véritable date d'anniversaire de Clark, ni même l'endroit où il est né. Jonathan et elle ont choisi comme jour de naissance l'arrivée de la capsule. Clark n'en sait rien, comme tout le monde d'ailleurs, et elle compte bien les laisser dans l'ignorance.

— Tu m'as entendue, Clark ? Pose tes blocs de construction !

Le jeune enfant, désormais complètement habitué à l'atmosphère terrestre, joue déjà dans la cour. Les blocs dont parle sa mère sont en réalité des briques de trois kilos chacune que Clark empile aussi facilement que si elles étaient en bois ou en plastique. Il préfère la pierre car il a tendance à écraser les fausses briques s'il les serre trop fort. Malgré son jeune âge, Clark est déjà plus fort et plus rapide que la plupart des adultes. Martha et Jonathan essaient de lui apprendre à contrôler sa puissance, surtout en présence de gens, mais il n'y arrive pas toujours.

Et si jamais il commettait une imprudence devant Sarah ?

Jonathan est en train de travailler aux champs. Il était contre cette expérience, mais Martha a insisté pour le bien de Clark. Elle veut que son fils ait des amis, comme tous les autres enfants.

La berline s'arrête devant la maison et se gare devant l'entrée. Clark oublie son jeu de construction et court accueillir les visiteurs. Martha se force à sourire et prie pour que tout se passe bien.

— Bonjour, Sarah ! lance-t-elle lorsque la famille Lang sort de la voiture. Ravie que vous ayez pu venir !

— Merci de nous avoir invitées, répond Sarah.

Elle remarque les briques abandonnées çà et là dans la cour et ajoute :

— Jonathan est en train de construire quelque chose ?

— Un projet artistique… ou peut-être une fosse pour un barbecue, je ne suis pas sûre.

— Oh... dit Sarah, perplexe.

Lana est une adorable petite fille aux boucles rousses, qui n'a pas du tout l'air timide. L'espace d'un instant, Martha envie Sarah d'avoir une enfant parfaitement humaine, mais elle se rattrape vite. Clark est son fils. Elle ne l'échangerait pour rien au monde.

— Clark, voici Lana, déclare-t-elle. Dis bonjour.

— Bonjour, Lana, obéit-il.

— Bonjour, Clark, répond la fillette. Tu veux jouer ?

— Oh, oui ! se réjouit Clark, manifestement ravi d'avoir enfin quelqu'un avec qui s'amuser. Essaie de m'attraper !

— Ne sois pas violent ! prévient Martha. Jouez sagement !

— Ne t'inquiète donc pas, affirme Sarah. Un peu de chahut n'a jamais fait de mal à personne.

Facile à dire, pense Martha.

Les deux mères s'installent sous le porche et boivent du thé glacé en regardant leurs enfants jouer avec bonheur dans la cour. Au bout d'un moment, Martha finit par se détendre. Jusqu'ici, tout se passe bien. Elle est soulagée que les enfants s'entendent bien. Cela est bénéfique à Clark d'avoir des amis, en dépit de son secret.

— Alors, as-tu entendu les dernières nouvelles de la ville ? demande Sarah, impatiente de partager les rumeurs du moment avec Martha. Il paraît que le maire et le commissaire de police se parlent à peine…

Martha ne s'intéresse pas vraiment à la politique locale, mais elle fait semblant de suivre la conversation. Elle boit son thé en surveillant les enfants du coin de l'œil. Soudain, elle s'étouffe à moitié : Clark vient de soulever Lana et de la lancer dans les airs !

La petite fille glousse de plaisir et monte jusqu'à plus de quatre mètres avant de retomber dans les bras de Clark. Martha réprime un soupir de soulagement en le voyant la rattraper avec douceur, mais il la relance aussitôt. Cette fois-ci, elle s'élève plus haut que la maison !

Clark se précipite pour la rattraper.

— Super ! Maman, je vole ! s'exclame Lana.

Le cœur de Martha manque un battement, mais Sarah est trop occupée à livrer les derniers ragots pour prêter attention à ce qu'il se passe dans la cour. Martha bondit de sa chaise et se positionne devant son amie pour lui bloquer la vue. Elle ne peut pas laisser Sarah voir ça. Elle ne pourrait pas expliquer pourquoi Clark est si fort !

— Sarah, s'empresse-t-elle de dire, je crois que j'ai laissé un peu de glace sur la table de la cuisine. Ça serait adorable de vérifier, pendant que je surveille les enfants.

— Pas de problème, répond Sarah en haussant les épaules.

Elle essaie de regarder derrière Martha pour comprendre la raison du comportement étrange de son amie. Elle ne voit rien, mais les cris de bonheur des enfants lui confirment qu'ils s'amusent bien.

— Je t'en prie, dépêche-toi, implore Martha. Je ne veux pas que la glace fonde complètement.

Sarah entre à l'intérieur et Martha se précipite dans la cour. Elle rejoint les enfants au moment où Clark rattrape de nouveau Lana. Elle pousse un soupir de soulagement à la vue de la petite fille en pleine forme.

— Clark ! Lana ! Ça suffit pour l'instant ! Pourquoi vous ne viendriez pas avec moi sous le porche ? On pourrait manger une bonne glace.

Cela suffit à distraire les enfants de leur nouveau jeu, mais Martha reste au bord de la crise de nerfs pendant qu'ils mangent leur glace. Elle se force à sourire alors qu'elle est morte d'angoisse. Que se serait-il passé si Sarah avait vu ce que pouvait faire Clark ? Ou si Lana avait été blessée ?

Jonathan avait raison : ce n'était pas une bonne idée.

— Je suis désolée, finit-elle par dire à Sarah. J'ai bien peur d'avoir une migraine épouvantable. Tu me pardonnes si on arrête là cet après-midi ? Je crois que j'ai besoin de m'allonger.

En réalité, elle n'a pas mal à la tête. Elle veut juste que Lana et sa mère rentrent chez elles avant qu'un autre problème ne survienne.

— Bien sûr, répond Sarah. Viens, Lana, on y va.

Les enfants se disent au revoir, et Martha remercie Sarah de sa compréhension.

— Il faut qu'on recommence ça un de ces jours, ment-elle.

Martha a compris. Ils ne peuvent pas laisser Clark jouer avec d'autres enfants. C'est trop dangereux pour tout le monde. Clark se sentira seul, il sera déçu, mais ils n'ont pas le choix. Il est si différent des autres ! Elle ne peut pas prendre le risque que quelqu'un découvre la vérité. Si jamais le gouvernement venait et lui enlevait son enfant, elle ne le supporterait pas.

Pauvre Clark, pense-t-elle. *Il avait l'air si heureux d'avoir une amie...*

Ils peuvent peut-être lui offrir un chien ?

Trois ans plus tard…

Clark regarde les nuages moutonneux qui planent au-dessus de la ferme de ses parents. C'est une belle journée de printemps, et le chaud soleil de l'après-midi le remplit d'énergie. Clark a toujours été fasciné par le ciel. Il observe souvent les faucons qui survolent la propriété, et il se demande quel effet cela ferait de voler avec eux.

Les nuages sont trop loin. Il a envie de tendre la main et de les toucher.

Bien plus haut, le vent fait tourner les pales du moulin. Clark a une idée et il file vers le bas de l'imposante structure. Son père est occupé à tondre la pelouse avec son tracteur, de l'autre côté de la grange, et sa mère installe des géraniums en pot à côté du porche. Personne ne remarque donc le garçon qui commence à escalader le moulin à vent. Tout excité, il sourit jusqu'aux oreilles.

Une échelle en bois permet de grimper en haut du moulin. Ses petits bras sont tout juste assez grands pour atteindre les barreaux, pourtant il parvient rapidement au sommet. Les nuages sont toujours trop loin pour les toucher, mais la vue est à couper le souffle. Il peut voir jusqu'à Smallville et même au-delà. Des hectares de champs et de cultures s'étendent jusqu'à l'horizon. La ferme la plus proche est à plusieurs kilomètres, et, vue de cette hauteur, elle ressemble à une maison de poupée. Le soleil doré réchauffe le visage de Clark. Il a l'impression qu'il ne s'en lassera jamais.

— Clark !

La voix affolée de Martha surprend le garçon. Elle laisse tomber un pot de fleurs, qui se brise bruyamment sous le porche. Elle regarde dans la direction de Clark, l'air terrifié, et pose la main sur son cœur. Alerté par son cri, Jonathan abandonne lui aussi ce qu'il faisait et court vers le moulin. Il semble terrorisé.

— Ne bouge pas, Clark ! Reste où tu es !

Clark déglutit. Il n'a pas eu peur jusqu'à maintenant, mais la réaction de panique de ses parents lui rappelle subitement à quel point il est en hauteur – et la distance de laquelle il pourrait tomber. Il jette un coup d'œil au sol, tellement loin, tellement bas.

Si jamais il glisse…

— J'arrive, Clark ! hurle Jonathan. Fais attention ! Ne bouge pas !

Les cris de son père font mal aux oreilles de Clark. Soudain, tout fait trop de bruit, comme si le monde entier avait augmenté le volume. Le mouvement des pales du moulin à vent résonne comme un réacteur d'avion. Il entend son cœur battre comme un marteau-piqueur et il perçoit les battements de celui de ses parents malgré la distance. Une légère brise rugit comme un ouragan. Un petit oiseau gronde comme un dinosaure. Clark porte ses mains à ses oreilles, mais ça ne sert à rien : il peut *tout* entendre.

Ses yeux sont étranges, eux aussi. Lorsqu'il regarde le sol, il voit à travers la boue et les graviers, jusqu'aux fondations rocheuses. Il parvient à apercevoir la rivière souterraine qui coule sous le puits et la fosse septique enfouie au fond du jardin. Les lumières et les couleurs ondulent devant ses yeux jusqu'à le rendre malade. Les rouges sont bien trop rouges. Les violets deviennent plus sombres, plus intenses. Lorsqu'il lève les yeux, il réalise que les murs de sa maison sont désormais aussi transparents que du verre ; il réussit à voir les pièces et les meubles à l'intérieur, tout comme les tuyaux et les câbles dans les murs. La grange et le silo à grains sont devenus transparents, eux aussi. C'est comme si ses yeux s'étaient transformés en machines à rayons X incontrôlables.

Il commence à pleurer.

— Clark ! crie sa mère. N'aie pas peur, chéri, ça va aller !

Clark la regarde pour se réconforter… et pousse un cri d'effroi. La peau, les muscles et les vêtements de sa mère ont disparu, il ne voit que ses os. Elle ressemble à un squelette alors qu'elle se précipite vers le moulin. Pétrifié par cette vision d'horreur, il tourne la tête vers son père, et voit à la place un autre squelette en train d'escalader le moulin. Le crâne se tourne vers Clark et le regarde de ses orbites vides.

— Qu'est-ce qu'il se passe, fiston ? demande le crâne avec la voix de son père. Qu'est-ce qu'il t'arrive ?

Choqué, Clark perd l'équilibre. Il glisse et tombe du moulin. Le vent lui fouette le visage et il hurle de terreur. Il n'a beau être qu'un petit garçon, il sait déjà qu'une telle chute peut lui briser les os… et même le tuer.

Il entend sa mère qui crie, elle aussi. On dirait le bruit d'une sirène.

Clark s'écrase violemment sur le sol, tête la première dans la terre. L'impact lui coupe le souffle, mais il réalise rapidement qu'il est toujours en vie, et en un seul morceau. Au début, il n'ose pas bouger. Il teste avec prudence ses bras et ses jambes, s'attendant presque à ce qu'ils ne fonctionnent plus. Mais il n'a rien de cassé, pas même de bleus. Il roule sur le dos et touche son visage. Il ne saigne même pas.

— Clark !

Sa mère se jette sur lui et l'examine, affolée. Elle a l'air aussi surprise que lui de le voir intact.

— Oh, mon Dieu ! Tu vas bien ? demande-t-elle.

— Je… je crois, répond le garçon.

Il se relève prudemment et tapote ses vêtements pour enlever la poussière et les graviers. Sa chute a laissé dans le sol un trou en forme de silhouette, profond de quinze centimètres, mais il se sent déjà mieux. Le bruit des battements de cœur de Martha s'atténue. Sa peau réapparaît, et soudain elle ressemble de nouveau à sa mère.

Jonathan redescend l'échelle et se dépêche de les rejoindre. Lui non plus ne ressemble plus à un squelette. Son visage n'est plus un crâne. Les couleurs autour de Clark redeviennent normales, et les murs de la maison se solidifient de nouveau. Le monde s'apaise. Les oreilles de l'enfant ne lui font plus mal.

— Est-ce qu'il est blessé ? demande Jonathan en s'agenouillant devant Clark. Est-ce qu'il faut appeler une ambulance ?

Son regard inquiet est beaucoup plus rassurant que les orbites vides du squelette.

Martha secoue la tête. Elle semble à la fois angoissée et soulagée. Elle serre Clark dans ses bras, d'abord doucement, puis de plus en plus fort lorsqu'elle est sûre qu'il n'a rien de cassé. Il lui rend son étreinte avec prudence. Il n'a pas envie de lui faire mal.

— Je crois qu'il va bien, Jonathan, dit-elle. Cette chute… ne lui a rien fait du tout.

— Mais…

Jonathan se prépare à protester, mais il change d'avis. Il se contente de hocher la tête et d'examiner Clark lui-même. Il lève deux doigts – deux vrais doigts, pas des doigts de squelette.

— Combien est-ce que tu en vois ? l'interroge-t-il.

— Deux, répond Clark.

Son père acquiesce, rassuré que son fils n'ait pas subi de traumatisme. Il se gratte la tête, perplexe, puis finit par hausser les épaules.

— Je suis content que tu ailles bien, fiston, conclut-il.

Clark ne comprend pas. Qu'est-il arrivé à ses yeux et à ses oreilles ? Et pourquoi n'a-t-il aucune blessure ? Il lève le regard vers le moulin, qui est aussi élevé que le silo à grains. Il est tombé de tout là-haut. Il devrait être en morceaux, comme un œuf écrasé.

— Mais pourquoi est-ce que je ne me suis rien cassé ? demande-t-il. Ce n'est pas normal.

Ses parents échangent un regard plein de sous-entendus. Clark comprend qu'il y a quelque chose qu'ils ne veulent pas lui dire, comme un secret de grandes personnes. Il aimerait vraiment qu'on lui explique.

— On n'a qu'à dire que c'est un miracle, propose sa mère.

— Pour l'instant... marmonne Jonathan.

— Alors je n'ai pas besoin de voir un docteur ? demande Clark.

Il ne se rappelle pas être déjà allé chez un médecin. Ses parents lui ont toujours dit que ce n'était pas la peine puisqu'il ne tombait jamais malade. Clark réalise qu'il ne s'est jamais blessé. Il ne s'est jamais écorché le genou ni fendu la lèvre. Il n'a jamais eu d'œil au beurre noir ni même de bleu.

— Non, répond son père. Tu as eu de la chance, garnement ! En fait, ce serait une bonne idée que tu ne parles de cette chute à personne. Ce serait notre secret.

— Pourquoi ? demande Clark.

Ses parents se regardent de nouveau étrangement. Jonathan soupire, comme il le fait toujours quand il va avoir une discussion importante avec Clark.

Le petit garçon espère qu'il ne va pas être trop puni pour avoir escaladé ce moulin. Il ne voulait pas faire peur à ses parents. Mais son père ne semble pas s'inquiéter de cela pour l'instant. Il a d'autres soucis à l'esprit.

— Parce que… les gens ne comprendraient pas, fiston.

— Ne comprendraient pas quoi ? murmure Clark, perplexe.

Son père a du mal à trouver les mots justes.

— La manière dont tu es tombé de si haut sans te blesser... Ça pourrait perturber certaines personnes. Ça pourrait même les effrayer.

— Mais pourquoi ? interroge Clark, de plus en plus inquiet.

Il a l'impression d'avoir fait quelque chose de mal, mais quoi ? Il l'ignore...

— C'est une bêtise, de ne pas m'être blessé ?

— Bien sûr que non ! répond sa mère en essuyant une larme. Tu n'imagines pas à quel point je suis soulagée ! Pendant un instant, j'ai cru que...

Elle n'arrive pas à terminer sa phrase.

— C'était un miracle, Clark, explique Jonathan. Mais les gens pourraient croire que tu es… différent… des autres enfants. Et ça pourrait les déranger.

— Est-ce que je suis différent ? demande Clark, la gorge nouée.

Son père prend une grande inspiration avant de répondre.

— Tu es *spécial*, Clark. Vraiment spécial, d'une manière qu'on ne saisit pas encore complètement. Cependant, personne d'autre ne doit le savoir, du moins pour le moment.

Il pose sa main sur l'épaule de l'enfant et le regarde droit dans les yeux.

— Je ne plaisante pas. Est-ce que tu me comprends ?

— Oui, acquiesce Clark. Mais pourquoi est-ce que je suis différent ?

— *Spécial*, insiste Jonathan. Et je ne peux pas t'expliquer ça aujourd'hui. Tu comprendras quand tu seras plus grand.

— Mais je veux comprendre maintenant !

Son père secoue la tête.

— Quand tu seras plus grand, promet-il. Pour l'instant, ça doit rester un secret entre nous trois. Promets-moi que tu n'en parleras à personne.

— Je te le promets, jure Clark, même s'il ignore pourquoi. Croix de bois, croix de fer, si je mens, je vais en enfer !

Jonathan acquiesce et se redresse. Il jette un coup d'œil au moulin.

— À présent, tu peux me dire à quoi tu pensais, Clark ? Monter tout là-haut ! Tu te rends compte à quel point tu nous as fait peur, à ta mère et moi ?

Clark se sent coupable. Il sait qu'il a fait une bêtise, mais il essaie quand même de s'expliquer. Il espère que sa famille comprendra.

— Je voulais juste toucher le ciel, répond-il.

Quatre ans plus tard…

Shelby est le meilleur ami de Clark. En fait, c’est même son seul ami. Le fox-terrier brun aux poils ébouriffés bondit dans la cour en remuant la queue avec enthousiasme. Clark lui lance un bâton à rapporter, un jeu dont le chien plein d’énergie ne se lasse jamais. Shelby aboie joyeusement tandis que son maître jette de nouveau le bout de bois.

— Va chercher ! crie Clark.

Le chien court après le bâton. Il saute et le rattrape dans les airs.

— Bien joué, Shelby ! s'exclame Clark. C'est mon toutou, ça !

Le chien revient vers son maître, le bâton entre ses babines. Clark sait qu'il a envie de recommencer, mais ils doivent d'abord jouer un peu à se disputer le bâton. Le garçon attrape le bout de bois et fait comme s'il ne parvenait pas à l'arracher au chien. Clark doit faire attention à sa force. Il a dix ans désormais, et devient de plus en plus costaud et rapide.

— Allez, le chien ! Lâche ça !

Ils tirent tous les deux un côté du bâton. Shelby secoue la tête, refusant de céder. Clark joue le jeu :

— Oh, tu es trop fort pour moi, tu es une

vraie terreur ! Donne-moi ça. Allez, lâche !

Shelby continue à s'accrocher au bâton quelques minutes, puis le jeu finit par l'ennuyer. Il abandonne le bout de bois, recouvert de bave. Clark essaie de ne pas toucher les parties gluantes, mais c'est plus facile à dire qu'à faire. Il essuie ses doigts sales sur son jean.

— Beurk, marmonne-t-il.

Une camionnette tourne dans l'allée et se gare devant la maison. Jonathan Kent sort du véhicule, un sac de courses à la main. Il sourit en voyant Clark et Shelby jouer. C'était une bonne idée, de prendre un chien. Le garçon méritait d'avoir au moins un ami.

— On dirait que Shelby et toi vous amusez bien ! s'exclame Jonathan en se dirigeant vers la porte de la maison. Laisse-moi donner les courses à ta mère, et je vous rejoindrai peut-être !

— Hé, papa ! lance Clark. Attends !

En évitant le chien qui aboie dans ses jambes pour continuer à jouer, le jeune garçon court vers son père. Cela fait longtemps qu'il guette une occasion comme celle-ci, longtemps qu'il essaie de trouver le courage de lui parler. Pourquoi pas aujourd'hui ?

— Tu as une minute ? demande-t-il.

— Bien sûr, fiston, répond Jonathan en posant les courses sur la première marche du perron. Qu'est-ce qu'il y a ?

Clark se racle la gorge. Il a répété cette conversation dans sa tête toute la journée. Il a envie que la discussion se passe bien.

— Je me demandais juste, commence-t-il, si tu as eu le temps de réfléchir à ce dont on a parlé la dernière fois... Tu sais, quand je t'ai dit que je voulais rejoindre une équipe de foot... comme les autres enfants...

Son père soupire.

— Clark, je pensais que le sujet était clos. Je ne pense pas que ce soit une bonne idée.

— Mais ce n'est pas juste ! proteste Clark. Tous les autres ont le droit de faire du sport. Les inscriptions ont lieu ce week-end, ce n'est pas trop tard !

— Mais tu n'es pas comme *tous les autres*, Clark, tu le sais. Et si tu t'impliquais trop dans un match et que tu montrais, sans le faire exprès, à quel point tu es fort et rapide ? Ou pire, si tu blessais quelqu'un par inadvertance ?

— Je ferais très attention, promet Clark. Tu peux me faire confiance.

— Je te fais confiance, fiston. Je sais que tu ferais de ton mieux. Mais ça n'en vaut pas la peine.

— C'est facile pour toi de dire ça, grommelle Clark. Ce n'est pas toi qui es coincé ici tout le temps, à jouer avec un chien stupide !

Il jette un coup d'œil à Shelby qui sautille toujours entre ses jambes en attendant avec impatience que son maître lui lance de nouveau le bâton. L'enfant se sent soudain coupable. Ce n'est pas la faute du chien si ses parents ne veulent pas qu'il fasse du sport. Il se penche et caresse la tête de Shelby.

— Désolé, mon toutou. Je ne voulais pas dire ça.

— Écoute, je comprends, continue son père. Je sais que ça n'est pas facile et j'aimerais que ce soit différent mais, pour l'instant, il vaut mieux faire attention. Plus tard, peut-être, quand tu seras grand...

— Tu dis toujours ça !

Clark a l'impression d'avoir entendu le même sermon toute sa vie, et c'est sans doute le cas. Il en a assez. Il espérait une autre réponse.

— Combien de temps vais-je devoir cacher ce que je peux faire ? insiste-t-il.

— Je ne sais pas, fiston.

Son père reprend les courses et ouvre la porte. Il s'arrête dans l'entrée et se retourne vers Clark.

— Je suis désolé, mais je ne reviendrai pas sur ma décision, conclut-il.

La porte se ferme derrière lui. Clark et Shelby se retrouvent seuls dans la cour. Le chiot continue à aboyer pour attirer l'attention du garçon. Clark a l'impression que le monde entier lui en veut. Pourquoi son père est-il tout le temps si têtu ? Pourquoi ne peut-il pas l'écouter, pour une fois ?

— D'accord, d'accord, lance-t-il avec impatience à Shelby. Allez, attrape !

Frustré, il lance le bâton de toutes ses forces. Il réalise soudain, une seconde trop tard, qu'il l'a jeté trop violemment. Le bout de bois fend les airs en direction de la fenêtre du grenier.

— Oh, non ! s'exclame Clark. Pas maintenant !

Il panique en réalisant qu'il est en train de faire une bêtise, quelques secondes à peine après avoir promis qu'il serait capable de se contrôler. Si Clark brise la fenêtre maintenant, ce sera la preuve que son père avait raison depuis le début, et celui-ci ne lui fera plus jamais confiance !

Désespéré, Clark bondit dans les airs. Ses jambes puissantes lui permettent de sauter à une hauteur de trois étages, et il tend la main vers le bout de bois. Il étire le bras au maximum, et ses doigts se referment enfin sur le bâton. Le bois plein de bave est encore glissant, mais Clark parvient à l'attraper au dernier moment. Il laisse échapper un soupir de soulagement.

— Je te tiens !

D'accord, mais qui le tient, *lui* ?

Il continue dans son élan, incapable de s'arrêter. C'est finalement Clark, et non le bâton, qui brise la fenêtre et vole dans les airs. Il traverse le plafond du grenier comme un boulet de canon, détruisant la cheminée au passage. Les briques explosent en morceaux et s'effondrent dans une avalanche de verre brisé, de bois et de tuiles. Le choc est assez bruyant pour qu'on l'entende dans toute la ferme. Les aboiements de Shelby s'ajoutent au tumulte.

Houla, pense Clark, *je vais me faire gronder.*

Il essaie de s'accrocher à quelque chose pour s'arrêter, mais tout va trop vite. Il dépasse le toit et file ensuite vers le ciel, très haut au-dessus de la ferme, jusqu'à ce que la gravité se rappelle enfin à lui. Il tombe et atterrit dans une meule de foin à côté de la grange. La paille jaillit dans tous les sens. Des poulets effrayés s'enfuient vers leur poulailler.

Clark n'est pas surpris d'être indemne, mais ce n'est pas ce qui l'inquiète. Il entend déjà ses parents crier dans la cour, tandis que Shelby continue à aboyer. Clark s'extrait de la botte de foin. Il a de la paille dans les cheveux et sur ses vêtements. Il brosse ses habits pour enlever les éclats de verre, sans s'inquiéter de se couper. Son tee-shirt rouge est déchiré en plusieurs endroits. Il jette un coup d'œil nerveux aux dommages qu'a subis la ferme.

Il ne peut pas voir l'avant de la maison de là où il est, mais la cheminée a disparu. Elle a été réduite en morceaux. Il ne reste qu'un amas de briques cassées, éparpillées sur le toit abîmé. Clark avale sa salive. Il n'ose même pas regarder le reste de la ferme.

— Clark ! appelle son père, en colère.

Viens par ici !

Pendant une seconde, le garçon hésite à s'enfuir. S'il se met à courir maintenant, il pourrait être dans une autre région avant que ses parents ne s'en rendent compte. Il pourrait même être dans un autre pays.

Mais Clark a reçu une bonne éducation. Il sait qu'il doit prendre ses responsabilités. Il se dépêche de se retourner devant la maison, mais pas aussi vite qu'il en est capable. Le vent de sa course suffit à faire tomber les derniers éclats de verre et de paille de ses vêtements.

— Je suis là, murmure-t-il. Je suis désolé.

Ses parents se tiennent tous les deux dans la cour et évaluent les dégâts. La fenêtre du grenier n'est plus qu'un trou béant, comme le toit juste au-dessus. Des briques et des morceaux de verre jonchent le perron. On dirait qu'un missile a frappé la maison, ce qui est à peu près le cas.

Sauf que le missile s'appelle Clark.

Shelby continue à aboyer, et le garçon réalise avec un air penaud qu'il tient toujours le bâton dans sa main. Il le tend au chien pour qu'il puisse jouer avec.

— Oh, Clark ! soupire sa mère. Il faut que tu fasses plus attention...

Elle a l'air plus déçue qu'en colère et secoue la tête tristement.

— Je peux tout réparer ! s'empresse de répondre le garçon. Tu sais que j'en suis capable ! Ça ne vous coûtera rien du tout !

Il ne plaisante pas. Grâce à sa force et à sa vitesse surhumaine, il sait qu'il peut restaurer le toit plus vite que n'importe qui, à condition que son père lui explique comment faire. Il a juste besoin d'un marteau, de clous, de bois et de quelques briques. Il se demande combien les matériaux coûteront. Peut-être qu'il peut payer avec son argent de poche ?

— Ce n'est pas le problème, Clark, répond Jonathan en montrant la fenêtre brisée. C'est exactement ce dont nous parlions tout à l'heure. Imagine que quelqu'un t'ait vu, ou ait été blessé à cause de ton insouciance ?

Clark ne sait pas quoi répondre. Il regarde ses pieds.

— Mais… bredouille-t-il, je ne voulais pas… C'était un accident…

— Je sais, l'interrompt son père avec fermeté. Mais je veux que tu te souviennes d'aujourd'hui. Tu comprends, maintenant ? C'est *pour ça* que tu ne peux pas jouer au foot avec les autres enfants.

Clark regarde les ruines. Il sait que son père a raison.

Mais cela ne le console pas pour autant.

Quatre mois plus tard…

— Clark ! Tu vas rater ton bus !

Le garçon entend la voix de sa mère du fond de la cour, où il est occupé à faire fondre la neige devant la porte grâce à sa vision laser. Des rayons de lumière rouge vif jaillissent de ses pupilles pour transformer la glace en vapeur. Clark a compris comment tirer des rayons enflammés avec ses yeux il y a des années, lorsqu'il a mis le feu à une bande dessinée sans le faire exprès, alors qu'il essayait d'apprendre à lire. Il ignore comment il parvient à réaliser quelque chose d'aussi incroyable : il lui suffit de viser quelque chose et… de se concentrer.

— Oh, non ! s'écrie-t-il.

Pris par son travail, il a perdu la notion du temps. Il entend un klaxon au loin et voit le bus scolaire jaune arriver au bout du chemin. Il court vers la route, mais glisse sur une plaque de verglas. Oups !

La chute ne le blesse pas – c'est impossible – mais, le temps qu'il se relève, le bus est déjà en train de repartir. Whitney Fordham, un garçon cruel qui fréquente la même école, lui fait des grimaces à travers la vitre arrière.

— Attendez ! crie Clark. Attendez-moi !

Le bus ne s'arrête pas. L'enfant imagine que le conducteur ne l'a pas vu, peut-être parce qu'il se concentre sur la route verglacée. Ou peut-être qu'il est pressé et n'a pas envie d'aider un garçon en retard. Quoi qu'il en soit, le bus abandonne Clark.

— Zut ! s'exclame-t-il.

Furieux, il donne un coup de pied dans un tas de neige et vaporise avec sa vision laser la plaque de verglas sur laquelle il a glissé. Mais cela ne le calme pas.

Clark ne sait pas quoi faire. Il n'a pas le droit d'être en retard à l'école, il a un contrôle important ce matin ! Il regarde vers la ferme, mais son père est déjà parti en camionnette, une heure plus tôt, pour aller chercher des provisions en ville. Clark ne sait pas quand il doit revenir, probablement après le début des cours.

Il doit se débrouiller tout seul.

Il ne lui reste qu'une chose à faire. Clark jette un coup d'œil alentour pour vérifier que personne ne le voit et commence à courir. Il traverse les champs enneigés et se dirige vers la ville plus vite que n'importe quel bus. Sa super-vitesse fait fondre la neige et dissimule ses traces. De la vapeur d'eau s'élève autour de lui. Un spectateur ne verrait qu'un mouvement flou.

Clark sourit jusqu'aux oreilles. Ça fait du bien de se lâcher, pour une fois.

Il ralentit en s'approchant de la ville et arrive devant l'école quelques instants seulement avant le bus. Whitney écarquille les yeux en voyant Clark marcher sur le trottoir devant lui. La brute sort du bus et grimace avant de le rejoindre. Il mesure une tête de plus que Clark, qui est petit pour son âge.

— Hé ! lance-t-il. Comment tu es arrivé aussi vite, Kent ?

— J'ai pris un raccourci, répond Clark en haussant les épaules.

Il tente de s'écarter, mais Whitney l'attrape par l'épaule.

— Pas si vite, grogne la brute. Je te parle, Kent !

Le cœur de Clark se serre. Whitney s'en prend à lui depuis le jardin d'enfants. Il ne le supporte plus. Dans de tels moments, il souhaite presque que ses parents le fassent étudier à la maison, comme son père le voulait. C'est Martha qui a convaincu son mari de laisser Clark aller à l'école comme n'importe quel autre enfant. Son fils lui en est reconnaissant, même si cela veut dire qu'il doit côtoyer des brutes comme Whitney.

— Arrête de m'embêter, dit Clark.

— Ah, ouais ? répond Whitney.

Il pousse Clark si fort que l'enfant trébuche en avant et lâche ses livres sur le trottoir. Un manuel d'histoire atterrit dans une flaque de glace et de neige fondues.

— Essaie de m'en empêcher, alors !

Clark aimerait tellement se défendre... Ce n'est pas la première fois qu'il voudrait montrer à Whitney ce dont il est vraiment capable. Un feu solaire brûle derrière ses yeux. Il serre les poings. S'il le voulait, il pourrait projeter son adversaire de l'autre côté de la rue, et même plus loin.

Mais cela n'en vaut pas la peine.

Il a promis à ses parents qu'il ne révélerait pas ses pouvoirs. Maintenant qu'il est plus grand, il comprend à quel point c'est important. Lui non plus ne veut pas que les autres pensent qu'il est différent. Il veut qu'on le traite comme un enfant normal, pas comme un monstre capable de lancer des rayons laser avec ses yeux ou de se déplacer plus vite qu'un bus scolaire.

Alors, au lieu de projeter Whitney de

l'autre côté de la ville ou de lui brûler les orteils, Clark se contente de ramasser ses livres et de s'éloigner. Son manuel d'histoire est trempé ; il espère qu'il n'est pas fichu.

— Ça suffit, Whitney ! lance Lana Lang en s'interposant. Pourquoi est-ce que tu ne t'attaques pas à quelqu'un de ta taille ?

Clark et elle sont toujours voisins, même s'ils ne se connaissent pas très bien. Martha lui a raconté qu'ils ont joué ensemble, un jour, quand ils étaient petits, mais le garçon s'en souvient à peine.

Clark grimace. Il est reconnaissant envers Lana pour son aide, mais c'est gênant de ne pas pouvoir se défendre seul. Il rougit de honte en entendant les rires des autres enfants. Cette journée va de pire en pire.

— Tout va bien, Lana, ment-il. Ça n'a pas d'importance.

La cloche se met à sonner, et il se précipite vers sa salle de classe.

— Tu as raison, Kent ! ricane Whitney derrière lui. Fuis ! Tu ne sais rien faire d'autre...

Un de ces jours... pense Clark. *Attends un peu...*

Il fulmine toujours lorsqu'il s'assoit pour passer le contrôle préparé par M. Plummer. Clark a déjà lu le livre entier à super-vitesse, il finit donc le test bien avant tout le monde. Comme il a du temps libre, il en profite pour s'amuser avec sa super-vision. Cela fait longtemps qu'il a appris à contrôler ses yeux, et il se distrait en scrutant le squelette de ses camarades de classe et de son professeur. Il arrive aussi à voir sous la peau pour observer les muscles et les organes. Les cœurs battent derrière les cages thoraciques. Les poumons s'emplissent d'air. Il peut même regarder dans l'estomac des gens pour voir ce qu'ils ont mangé au petit déjeuner. D'ailleurs, on dirait que M. Plummer a pris du bacon et des œufs brouillés.

C'est écœurant, mais plutôt cool, et c'est un bon exercice pour apprendre à maîtriser ses super-pouvoirs.

Je devrais peut-être devenir médecin quand je serai grand, réfléchit-il. *Je n'aurais même pas besoin de machine à rayons X pour détecter les problèmes de mes patients.*

Quand regarder l'intérieur des gens commence à l'ennuyer, Clark dirige sa vision télescopique vers l'extérieur. Il peut alors surveiller tout Smallville depuis sa salle de classe, et même voir à travers les murs. Il n'espionne pas les maisons et les entreprises, parce que ce serait impoli, mais rien ne l'empêche de regarder un film qui passe au cinéma à quelques pâtés de maisons de là. S'il se concentre, il parvient même à entendre la musique et les dialogues. Il suit le début d'un film de science-fiction sans bouger de son bureau. C'est un assez bon film, qui parle de l'arrivée d'un visiteur d'une autre planète.

Clark apprécie de pouvoir se détendre ainsi, sans que personne le sache. C'est bien mieux que de regarder les autres élèves terminer leur contrôle.

— Clark ? Tu as fini le test ?

La voix de son professeur interrompt le film. Clark revient à une vision normale et réalise que le cours est terminé. Les élèves ont tous rendu leur copie et se dirigent vers la classe suivante.

— Je suis désolé, s'excuse Clark. J'étais dans la lune.

Dans un sens, il dit la vérité. Il a toujours été fasciné par les livres et les films qui traitent de l'univers et de planètes lointaines. Il rêve même parfois d'un monde étrange avec un immense soleil rouge.

Il ne comprend pas pourquoi.

CHAPITRE 8

Quatre mois plus tard…

L'équipe junior dispute un match de foot sur le terrain communal de Smallville. Sur les gradins, la foule applaudit avec enthousiasme lorsque Whitney marque un nouveau but, permettant à son équipe de mener au score. Il lève le poing et pousse un cri de joie.

— Vantard, marmonne Clark.

Il se tient près de la ferme des Kent et regarde le match avec envie. Le toit est réparé depuis longtemps, mais ses parents ne le laissent toujours pas rejoindre l'équipe de football. Pendant que Whitney et les autres s'amusent, Clark reste coincé dans un champ désert, à regarder le match avec sa super-vision. Il écoute les cris de la foule. Tout le monde a l'air de passer un bon moment.

Ce n'est pas juste.

D'un autre côté, admet-il, cela ne serait pas juste non plus de le laisser jouer avec des enfants ordinaires. Avec ses pouvoirs, il pourrait gagner tous les matchs, s'il le voulait, sans fournir le moindre effort. La seule personne contre qui il y aurait une vraie compétition, ce serait lui-même.

Comme aujourd'hui. C'est un bel après-midi de printemps, l'air est lourd, et Clark a envie de vérifier ce dont il est capable. Les champs ont déjà été moissonnés, ce qui lui laisse beaucoup d'espace. Il regarde autour de lui pour s'assurer que personne ne se trouve dans les environs, puis il tape dans le ballon de football qu'il a emporté.

Celui-ci fuse à travers les champs comme un missile, à plus de deux cents kilomètres-heure. Clark le poursuit, et il court encore plus vite. Aucun humain ne pourrait rattraper ce projectile, encore moins l'intercepter, mais Clark bloque le ballon et le renvoie dans la direction dont il est venu. Il file à toute vitesse pour s'interposer de nouveau quelques kilomètres plus loin, puis frappe encore dans une autre direction.

— J'aimerais bien voir Whitney faire ça ! s'exclame-t-il.

Il court dans tous les sens à travers les champs poussiéreux et joue au football contre lui-même. Il ressemble à un éclair flou qui traverse plusieurs hectares en quelques secondes. À un moment, le ballon manque de lui échapper, mais il parvient à le rattraper avant qu'il n'atteigne Smallville. Il fait une tête et le renvoie en direction de la ferme. Le lourd projectile de cuir ne lui fait pas plus de mal qu'un ballon de baudruche.

Je devrais essayer de jouer au foot avec une balle de bowling, pense-t-il. *Ça serait plus stimulant !*

Clark aime tester ses capacités, même s'il n'y a personne autour pour l'encourager. C'est si rare qu'il puisse être lui-même ! Cela semble aussi naturel que de respirer. Le ballon vole au-dessus de la ferme, et Clark saute d'un bond par-dessus le grand bâtiment pour le rattraper.

Si seulement Lana et les autres pouvaient le voir en ce moment !

Il doit faire attention à ne pas frapper trop fort. Il a déjà détruit plusieurs ballons avant de réussir à contrôler sa force. Un autre lui a échappé et a brisé la fenêtre d'un bureau en ville. Personne n'a jamais compris d'où était venu le tir. Clark se sent toujours coupable de cet incident.

Il joue avec énergie pendant une bonne heure avant de se retrouver en sueur et affamé. Il s'arrête pour faire un pique-nique et s'empare d'une boîte de ragoût de bœuf dans son sac à dos. Il n'a pas pris d'ouvre-boîte, mais c'est sans importance. Il arrache le couvercle à mains nues et l'écrase entre ses doigts. D'un coup de rayon laser, il réchauffe son repas.

— Un four ? Pour quoi faire ? sourit-il.

Le ragoût est délicieux. Clark s'assoit et en savoure chaque bouchée. Finalement, cette journée est plutôt agréable.

Mais le Kansas est réputé pour son temps imprévisible. Subitement, le vent s'intensifie et le tonnerre gronde au loin. Clark se redresse et voit un orage gigantesque qui se dirige vers lui. Des éclairs parcourent le ciel et d'épais nuages sombres en forme d'enclumes se rapprochent rapidement. Cette tempête promet d'être violente. Et elle va bientôt frapper !

La planète Krypton est condamnée. Pour sauver leur fils unique, Jor-El et Lara l'envoient sur Terre.

Le vaisseau spatial atterrit près d'une ferme, dans le Kansas. Martha et Jonathan Kent adoptent le bébé et le prénomment Clark.

Un lien très fort unit Clark et Jonathan.

**Dès son plus jeune âge, Clark sent qu'il est différent des autres.
Ce qu'il ignore, c'est qu'il est destiné à accomplir
de grandes choses.**

Les camarades de classe de Clark le malmènent sans relâche. Heureusement, son père est toujours là pour le protéger.

Jonathan révèle à Clark la vérité sur ses incroyables pouvoirs.

Clark accepte ses super-pouvoirs et les utilise pour protéger les autres. Il devient Superman... l'Homme d'Acier.

CHAPITRE 9

— Clark ! Clark !

L'enfant entend Martha l'appeler de la ferme. Il n'a pas vraiment peur de l'orage, puisque rien ne peut le blesser, mais il ne veut pas que sa mère s'inquiète. Il finit son ragoût en deux bouchées et ramasse son ballon. On dirait que son match de football en solitaire est terminé !

Ça ne sert à rien de se faire tremper, pense-t-il.

Il court vers la maison en laissant un large nuage de poussière derrière lui. Il ne précède l'orage que d'une ou deux minutes. D'inquiétants nuages noirs se dirigent vers la ferme. Le tonnerre gronde tout près. Un éclair illumine le ciel.

— Je suis là, maman, dit-il en posant son ballon et en apparaissant juste derrière elle. Tu as besoin d'aide ?

Martha est occupée à récupérer le linge qui séchait dehors. Avant qu'elle puisse répondre, Clark a déjà sauvé le reste des vêtements et les a habilement pliés. Puis il s'empare du lourd panier qu'elle portait.

— Oh ! souffle-t-elle. Merci, mon chéri.

À quelques mètres de là, le père de Clark ouvre les portes en métal de leur abri anti-tempête. Il grimace en regardant les nuages.

— Je n'aime pas ça, dit Jonathan. On devrait s'abriter.

Les orages du Kansas peuvent être dangereux. Les vents forts, la grêle, les éclairs et les inondations ont déjà surpris beaucoup de monde. Tous les habitants du coin savent à quel point la nature peut être violente et imprévisible. Il vaut mieux ne pas prendre de risques lorsqu'une tempête frappe. La meilleure solution est de trouver un abri.

Pourtant, Martha s'attarde dans la cour.

— Shelby ! crie-t-elle. Shelby !

Clark se rend compte que le chien n'est pas à portée de vue.

— Il n'est pas à l'intérieur ? demande-t-il.

Sa mère secoue la tête.

— Le tonnerre lui a fait peur, explique-t-elle. Il a fui avant que je puisse l'attraper.

Shelby n'a jamais aimé le tonnerre. Lorsqu'il était encore un chiot, il se cachait toujours sous le lit de Clark pendant les tempêtes, ou dans l'abri, avec le reste de la famille.

— Par où est-il parti ? demande l'enfant, inquiet.

Martha agite la main en direction de l'ouest. Des hectares de champs s'étendent jusqu'à l'horizon.

— Par là, je crois, répond-elle.

L'orage arrive sur eux. De lourds nuages cachent le soleil et le ciel devient noir. La température baisse brutalement et il commence à grêler. Un morceau de glace de la taille d'un poing frappe une fenêtre et fendille le verre. Un autre grêlon tombe directement sur Martha, mais Clark s'interpose, et la glace s'écrase contre sa tête sans lui faire le moindre mal.

— Shelby ! appelle-t-il.

Il pose le panier à linge et place ses mains en porte-voix :

— Shelby !

— On le cherchera plus tard, crie Jonathan. Il faut rentrer maintenant !

Il se tient près de l'entrée de la cave et leur fait signe de venir.

— NON ! décide Clark. Je ne le laisserai pas dehors par ce temps !

Shelby est son meilleur ami. Il ne peut pas l'abandonner seul dans la tempête. Et si Shelby se perdait, ou s'il se blessait… ou pire encore ? Si quelque chose arrivait à son chien, Clark ne pourrait jamais se le pardonner.

— Je vais le trouver ! lance-t-il.

— Clark, attends ! supplie sa mère en s'accrochant à son bras. C'est trop dangereux !

— Pas pour moi, répond-il.

Il n'a pas le temps de la convaincre. Il quitte la ferme pendant que ses parents se précipitent dans l'abri. L'enfant n'est pas inquiet pour eux. Il sait qu'ils sont en sécurité. Ils se mettront sans doute en colère plus tard, parce qu'il ne les a pas écoutés, mais il n'a pas le temps de s'en préoccuper. Il doit trouver son chien.

— SHELBY ! AU PIED, SHELBY ! crie-t-il.

L'orage est de plus en plus fort, de plus en plus féroce. Des rideaux de pluie torrentielle s'abattent sur Clark. En quelques secondes, il est trempé jusqu'aux os. L'eau coule dans ses cheveux et dégouline le long de son dos. Les champs poussiéreux se transforment en lacs de boue. Les vents dispersent ses cris au loin. Le tonnerre recouvre ses mots.

— SHELBY !

La grêle empire. Des projectiles glacés le bombardent, rebondissent sur sa tête et ses épaules. Une personne normale aurait déjà des bleus partout, ou se serait même fait assommer, mais pas Clark, qui continue à chercher son chien. Il essuie d'une main impatiente la pluie qui lui coule dans les yeux. Même avec sa vision spéciale, il a du mal à voir où il va. Il n'entend pas Shelby et ne l'aperçoit nulle part.

— Allez, mon toutou ! Où est-ce que tu te caches ?

Il se souvient du sifflet qu'il a dans la poche. En théorie, le son est trop aigu pour l'oreille humaine, mais Clark n'a jamais eu de problème pour l'entendre. Il souffle fort dans le sifflet. Le chien a été dressé pour venir dès qu'il l'entend. Le bruit strident blesse les oreilles de Clark.

Il abaisse son sifflet et attend.

Mais Shelby ne vient pas.

— Bon sang, imbécile de chien ! Tu ne m'entends pas ? grommelle-t-il.

Il espère que Shelby a pu trouver un abri contre la tempête. Il pense un instant à abandonner et à rentrer à la ferme, au moins le temps que l'orage se calme, mais il écarte tout de suite cette idée et continue à chercher. Le chien a peut-être des ennuis. Clark ne s'arrêtera pas tant qu'il ne sera pas sûr que son ami est en sécurité.

— ICI, SHELBY ! AU PIED !

Il tend l'oreille à la recherche d'un aboiement, mais n'entend rien. Inquiet, il scrute le paysage, mais ne sait pas où chercher. Le vent et la pluie lui fouettent le visage. La grêle le frappe toujours, parfois en plein dans les yeux. Il les garde tout de même ouverts. Un peu de glace ne peut pas leur faire de mal. Il tourne sur lui-même, tous les sens en alerte. Shelby pourrait être n'importe où, désormais.

Si seulement il y avait un moyen de le trouver !

Une rangée de hauts pylônes traverse les champs, soutenant des kilomètres de câbles à haute tension. Soudain, Clark a une idée. Il bondit en haut du poteau le plus proche, plus de trente mètres au-dessus du sol.

Peut-être pourra-t-il apercevoir Shelby de là-haut ?

C'est incroyable, mais le vent est encore plus fort ici. Clark s'accroche à la solide armature de métal pour ne pas être projeté dans les airs. Un éclair illumine le ciel au-dessus de lui, suivi d'un coup de tonnerre assourdissant. Clark réalise soudain que se tenir en haut d'un pilier de métal en plein milieu d'une tempête n'est pas la meilleure idée qu'il ait eue…

CHAPITRE 10

Un éclair grésillant s'abat sur Clark et le frappe en pleine poitrine. Tout devient blanc pendant un instant, alors que le violent choc électrique le parcourt des pieds à la tête. Ses cheveux se dressent sur son crâne et sa peau le picote. À moitié assommé, il dégringole du pylône et tombe de trente mètres pour s'écraser dans la boue tout en bas.

— Houla… bredouille Clark.

Engourdi, il a besoin de quelques minutes pour récupérer. Sa tête n'arrête pas de bourdonner. De la fumée s'échappe de ses vêtements brûlés jusqu'à ce que la pluie éteigne le feu. Il se demande comment il va pouvoir expliquer l'état de ses habits à ses parents.

Je m'en occuperai plus tard, se dit-il. *Une fois que j'aurai sauvé Shelby.*

Il se relève en titubant. L'éclair a beau l'avoir frappé de plein fouet, Clark reste déterminé à ramener son ami à la maison. C'est dangereux de rester dehors sous un tel orage, surtout lorsqu'on est un chien perdu.

Comme Clark ne sait pas où regarder, il ferme les yeux et écoute. Le tonnerre et la pluie perturbent sa super-ouïe, mais il tente de bannir petit à petit les bruits parasites.

— Concentre-toi, se murmure-t-il à lui-même. Écoute.

Au début, il n'entend que la violente tempête qui se déchaîne autour de lui. Puis il perçoit, très faiblement, les aboiements frénétiques d'un chien. Clark sent son cœur se serrer. Il le reconnaît : c'est Shelby !

Il essuie la boue qui lui tombe dans les yeux et se tourne vers l'aboiement lointain. Il se concentre et essaie de traverser le rideau de pluie et le vent aveuglant. Sa super-vision se focalise sur une rivière à quelques kilomètres de là. Elle est sortie de son lit et inonde les terres environnantes. Clark plisse les yeux et aperçoit enfin Shelby dans l'eau, ballotté par le courant. Il devine que le chien, terrifié, a été emporté par la crue provoquée par la pluie. Le pauvre Shelby n'a probablement pas la moindre idée de la façon dont il s'est retrouvé dans la rivière.

Le chien bat des pattes désespérément, incapable d'échapper au courant. Divers objets sont eux aussi charriés par la rivière et flottent à côté de lui. Shelby tente de se hisser sur une caisse en bois, mais il glisse et retombe dans l'eau. Un canoë retourné manque de heurter le chien avant d'être entraîné dans une autre direction. C'est un miracle que Shelby ne se soit pas encore noyé, mais la rivière emporte rapidement le fox-terrier en aval, loin de Clark. Le garçon réalise qu'il doit agir vite s'il veut sauver son ami.

— Accroche-toi, Shelby ! s'écrie-t-il. J'arrive !

CHAPITRE 11

Clark rejoint la berge inondée en un temps record. Sans hésiter, il plonge dans l'eau agitée. Le froid ne le dérange pas : il est immunisé contre les températures extrêmes. Il n'a jamais souffert d'engelures ni de coups de soleil. Et, de toute façon, il est déjà trempé par la pluie.

Il nage à toute vitesse en direction de Shelby. Une gerbe d'écume se forme sur son passage. Dès que le chien est à sa portée, Clark l'attrape et le serre contre son torse. Le fox-terrier, paniqué, se débat dans ses bras, mais le garçon le maintient fermement en s'assurant de garder sa tête hors de l'eau.

— Tout va bien, mon toutou, murmure-t-il. Je te tiens.

Que doit-il faire, maintenant ? Secoué dans tous les sens par les flots, Clark a du mal à se repérer. Des planches de bois brisées, des sacs-poubelle, des panneaux de signalisation, des branches d'arbres et des détritus sont entraînés avec eux par le courant. Clark remarque juste à temps une bûche qui file dans leur direction. Il lui tourne le dos pour protéger le chien. L'épais morceau de bois explose contre le corps indestructible de l'enfant. Des bouts d'écorce flottent et les dépassent sans plus représenter de danger.

C'était moins une, pense Clark.

L'eau est profonde, et il n'a pas pied. Il n'a donc pas d'appui pour sauter hors de la rivière. Il se force à rester droit pour empêcher Shelby de se noyer. Le chien se démène, et il est difficile de le maintenir en place. Une vague écumeuse s'écrase sur le visage de Clark. Il tousse et recrache une gorgée d'eau dans la rivière. Il cherche désespérément un moyen de sortir du torrent.

Soudain, il aperçoit un grand orme sur l'une des berges. L'arbre est déjà à moitié penché au-dessus de la rivière, mais ses branches ont l'air hors d'atteinte, sauf si Clark intervient.

Les yeux de l'enfant se mettent à briller comme des soleils rouges. Deux rayons laser frappent la base de l'arbre, qui tombe dans la rivière, juste devant Clark et son chien. Le garçon retient l'animal d'une main et s'accroche au tronc glissant. Il rame jusqu'à la berge, en espérant que l'arbre ne se fera pas emporter par le courant avant qu'il ne soit sorti de l'eau.

Le torrent furieux tente d'obliger Clark à lâcher prise, mais il tient bon et s'extrait petit à petit de la rivière. Lorsqu'il atteint enfin la berge, il est couvert de boue de la tête aux pieds. Il lâche enfin le tronc et se relève avec peine. Shelby gémit dans ses bras.

— Tu vois, halète Clark, je t'avais bien dit qu'on s'en sortirait.

Shelby semble déjà plus heureux. Ravi d'avoir été sauvé et d'avoir retrouvé son maître, il lèche le visage de Clark avec enthousiasme.

— Oui, oui, dit l'enfant en riant. Moi aussi, je suis content de te voir !

L'orage commence enfin à se calmer, même si la pluie continue à tomber à flots. Rassuré d'avoir retrouvé son chien, Clark se dit qu'il est temps de rentrer à la maison. Ses parents doivent s'inquiéter de leur sort à tous les deux.

— Qu'est-ce que tu en dis ? demande-t-il à Shelby. Prêt à aller se mettre à l'abri ?

L'animal aboie comme pour manifester son accord. Son chien dans les bras, Clark se prépare à courir jusqu'à la ferme.

À peine fait-il le premier pas qu'il entend soudain une voix humaine non loin de là où il se trouve.

— Au secours ! crie-t-elle. Aidez-moi !

CHAPITRE 12

— S'il vous plaît ! Aidez-moi !

La voix lui semble familière, mais Clark ne parvient pas à l'identifier. La personne paraît terrorisée et a l'air en grand danger. Le garçon ne peut pas l'ignorer. Il doit essayer de l'aider de son mieux, au risque de dévoiler son secret. Shelby aboie dans ses bras, impatient d'être à la maison. Clark cherche autour de lui un endroit sûr pour déposer le chien, mais il n'en trouve pas. Il ne veut pas abandonner le fox-terrier près de la rivière, il retourne donc à la ferme en courant. Le voyage lui prend moins d'une minute. Il ouvre les portes de l'abri, pose le chien à terre et le pousse en direction des marches qui mènent au sous-sol.

— Et voilà, mon toutou ! Reste là ! ordonne-t-il.

Ses parents le regardent du fond de la cave. Sa mère étouffe un soupir de soulagement.

— Clark ! Tu es là !

— Désolé, l'interrompt l'enfant, il faut que je reparte !

— Attends ! appelle son père. Où est-ce que tu vas ?

Clark n'a pas le temps de s'expliquer. Il pivote sur lui-même et rebrousse chemin à la vitesse de l'éclair.

Lorsqu'il revient à la rivière, la voix affolée est toujours en train de crier :

— Quelqu'un ! N'importe qui ! Au secours !

Clark reconnaît enfin la voix : c'est Whitney !

La brute n'est pas la personne que Clark préfère mais, dans cette situation, cela n'a aucune importance. L'enfant suit les appels de Whitney et arrive sur une route de campagne inondée, pas loin de la rivière. La crue a fait tomber une voiture dans un fossé qui se remplit d'eau rapidement. Whitney et son père sont coincés à l'intérieur du véhicule, incapables d'en sortir. M. Fordham est effondré sur le volant, assommé par l'accident. Whitney est bloqué sur le siège passager car la pente du fossé empêche l'ouverture de sa portière. L'eau rentre à flots dans la voiture. Elle arrive déjà au niveau du cou de Whitney et continue à monter. La brute est terrorisée.

— AIDEZ-MOI ! JE N'ARRIVE PAS À SORTIR ! hurle-t-il.

Le visage et les vêtements de Clark sont déjà couverts d'une épaisse couche de boue. Il ajoute encore de la terre pardessus, au cas où. Il espère que cela suffira à dissimuler son identité. S'il a de la chance, Whitney sera trop affolé pour le reconnaître.

— Attends ! lance Clark en déguisant sa voix. Je vais t'aider !

Il se jette dans le fossé. L'eau lui arrive au niveau de la taille, et le courant est puissant, mais Clark ne se laisse pas emporter. Il patauge jusqu'à la voiture engloutie et pousse le véhicule entier de côté pour accéder à la portière du côté passager. Il tire sur la poignée, mais la porte en acier, toute cabossée, ne s'ouvre pas. Clark réalise qu'elle a été endommagée dans l'accident et qu'elle est désormais verrouillée.

Aucun problème.

Il force la portière d'une seule main, en arrachant presque les charnières. Il déchire la ceinture de sécurité de Whitney et extrait le garçon de la voiture. Enfin, il dépose la brute dans la boue, à côté du fossé.

Whitney tousse et crache de l'eau. Il est blanc comme un linge.

— Mon… mon père, halète-t-il. Il est toujours coincé dans la voiture !

Clark n'a pas oublié M. Fordham. Il plonge de nouveau dans le fossé et se fraie rapidement un chemin parmi les remous. Il atteint la voiture inondée et en sort l'adulte évanoui. L'homme a une vilaine bosse sur le front, mais il respire encore. Clark inspecte rapidement la tête de M. Fordham avec sa super-vision. Il ne voit ni fracture ni hémorragie interne.

— Ton père va s'en sortir, crie Clark à Whitney.

Il ramène l'homme en sécurité et le dépose à côté de Whitney. La brute est toujours aussi pâle et tremble comme une feuille.

— Ça va ? demande Clark en regardant son camarade de classe.

— Je… je crois, bredouille Whitney.

Il ne ressemble plus du tout à une brute. Désormais, il n'est plus qu'un enfant effrayé et secoué. Son regard oscille entre son père et la voiture, désormais sous l'eau. Il déglutit en comprenant à quel point il est passé près de la noyade. Il se met à pleurer.

— On a essayé de conduire à travers l'eau, mais c'était trop profond. Mon père a perdu le contrôle de la voiture…

M. Fordham remue sur le sol.

— Whitney ? murmure-t-il faiblement.

La pluie est en train de s'arrêter. Clark réalise qu'il doit fuir avant que Whitney se soit suffisamment calmé pour réussir à le reconnaître. Il y a un téléphone à la ferme de ses parents. S'il appelle les secours de là-bas, une ambulance ou une voiture de police pourra arriver en quelques minutes.

— Ne bougez pas. De l'aide va venir, promet Clark.

— Hein ? balbutie Whitney en regardant la silhouette couverte de boue qui se tient devant lui. Vous allez nous laisser…

Clark a disparu avant qu'il ait pu finir sa phrase.

Le lendemain, le soleil se lève dans un ciel sans nuages. Difficile de croire qu'il y a eu un violent orage moins de vingt-quatre heures plus tôt.

Clark attend le bus scolaire avec nervosité. Et si Whitney l'avait reconnu, finalement ? Ou s'il avait compris plus tard qui il était ? Clark a regardé le journal télévisé avec sa famille hier soir, mais il n'y avait aucune mention d'un mystérieux inconnu. Le présentateur a juste parlé rapidement d'un père et d'un fils de la région qui avaient survécu à un accident de voiture pendant le déluge. D'après lui, les deux victimes étaient en bonne santé.

Clark s'est réjoui de la nouvelle, mais il continue à s'inquiéter pour son secret. Il a eu du mal à dormir la nuit dernière. Comment pourrait-il expliquer ce qu'il a fait la veille, comme arracher la portière de la voiture ou entendre les cris de Whitney à plusieurs kilomètres de distance ? Et si Whitney avait raconté toute l'histoire à la police ?

Le bus arrive près de la ferme des Kent, où Clark l'attend seul près de la route. Il se prépare mentalement en voyant le bus s'arrêter et monte à l'intérieur. Peut-être que Whitney va manquer l'école aujourd'hui ? Clark trouverait ça plutôt bien. Ça lui donnerait plus de temps pour trouver une explication logique à ses actes.

Malheureusement, il n'a pas cette chance. Whitney est assis avec ses amis au milieu du bus. Clark baisse les yeux ; il espère éviter tout contact visuel avec le garçon. Il croise les doigts.

On va bien voir, pense-t-il. *Peut-être que tout va bien se passer…*

Il marche juste devant Whitney, qui ne regarde même pas dans sa direction. La brute est trop occupée à se vanter auprès des autres enfants.

— Tu as vraiment sauvé la vie de ton père ? demande Pete Ross, le meilleur ami de Whitney et son complice dans les mauvais coups.

— Oui ! répond Whitney. Lorsque la voiture a quitté la route, mon père s'est cogné la tête et s'est évanoui. Alors, j'ai dû nous sauver tous les deux. Ça n'a pas été facile, mais j'ai réussi à ouvrir la portière et à traîner mon père hors de l'eau. Si je n'avais pas été là, il se serait noyé, c'est sûr !

Clark n'en croit pas ses oreilles. Whitney est-il *vraiment* en train de s'attribuer le mérite du sauvetage de son père ?

— Waouh ! s'exclame Lana, impressionnée. Et tu n'as pas eu peur ?

— Non, ment Whitney. L'eau rentrait dans la voiture, mais j'ai gardé la tête froide et j'ai fait ce qu'il fallait faire. C'est dans de pareils moments que ton vrai caractère se révèle… Moi, j'ai des nerfs d'acier !

— Comment as-tu ouvert la portière ? reprend Pete. J'ai entendu dire qu'elle avait été complètement arrachée.

— Oh, l'adrénaline, je suppose, répond Whitney. Tu sais comment ça marche : le danger te donne parfois assez de force pour t'en sortir.

— Waouh ! répète Lana.

Clark se mord la langue pour ne pas intervenir. Il sait qu'il devrait être content que Whitney mente au lieu de parler de l'inconnu boueux qui les a sauvés, mais cela l'ennuie que tout le monde prenne la brute pour un héros. Ce n'est pas juste.

Whitney continue à se vanter pendant tout le trajet. Clark réalise que son histoire devient plus longue et plus impressionnante à chaque fois. Il suppose qu'à la pause de midi, Whitney dira que la voiture était à la fois sous l'eau et en feu.

Tant pis, conclut-il. *Au moins, personne n'a été blessé.*

Et Shelby est de nouveau sain et sauf à la maison.

Le bus s'arrête devant l'école, et Whitney en sort en paradant. Il tient un skateboard flambant neuf sous le bras. Il est noir, avec des bandes rouge vif.

— Regardez ça ! s'exclame-t-il en le montrant aux autres élèves. Mon père me l'a offert parce que je lui ai sauvé la vie !

— La classe, observe Pete.

À l'évidence, Whitney apprécie d'être le centre de l'attention. Il pose la planche sur le trottoir.

— C'est clair ! Regarde ma technique !

Clark ne résiste pas à l'envie de donner une leçon à Whitney. Deux rayons laser fusent des yeux de Clark, si rapides que personne ne peut les voir. Ils font fondre les roulettes en plastique du skateboard. Whitney bondit sur la planche, qui glisse sur le trottoir et se retourne. Pris par surprise, la brute tombe sur les fesses.

Les autres enfants éclatent de rire.

— Super technique, Fordham ! crie quelqu'un. Remontre-nous ça !

— Hé ! proteste Whitney.

Il se relève en grimaçant. Il retourne la planche et constate que les roues arrière ne sont plus qu'une boule de plastique gluant. Interloqué, il touche l'une des roulettes et retire aussitôt sa main.

— Aïe !

Il suce son doigt brûlé.

Clark essaie de ne pas trop montrer son plaisir. Il sait que ses parents n'approuveraient sans doute pas cette utilisation de ses pouvoirs, mais Whitney le méritait. Clark se dit qu'après avoir sauvé la vie de la brute, il a bien le droit de lui jouer un petit tour. Après tout, Clark est humain… d'une certaine manière.

Il arbore un grand sourire en se rendant en classe.

CHAPITRE 14

Trois ans plus tard…

Clark, qui a maintenant treize ans, erre sans but à la foire du comté. Il s'ennuie et cherche quelque chose à faire. Sa mère se tient près du stand de pâtisseries où elle espère gagner un nouveau prix grâce à sa tarte à la rhubarbe. Son père, lui, est en train de détailler les machines agricoles exposées. Clark voit bien assez de tracteurs et de moissonneuses tous les jours, il aimerait donc trouver quelque chose de plus amusant à faire.

Le souci, c'est qu'il ne sait pas quoi.

La foule envahit les allées de la foire et se presse autour des différentes attractions. L'air frais automnal est rempli d'odeurs de cidre, d'épis de maïs grillés et de bétail. Des étables et des granges à ciel ouvert retiennent des vaches primées, des chèvres, des moutons, des porcs et des lapins. Sur un stand s'entassent des tricots, des broderies et d'autres fabrications faites main. Un groupe local de musique country joue dans un petit kiosque, et leur mélodie résonne dans toute la foire. Clark ne les trouve pas mauvais.

Il se sent un peu coupable de ne pas rejoindre son père, mais il a décidé que, plus tard, il ne serait pas agriculteur. Il ne sait pas encore vraiment ce qu'il fera de sa vie, et de ses talents spéciaux, mais il imagine que cela n'aura rien à voir avec les récoltes. Agriculteur est un métier noble, mais on n'a pas besoin de super-pouvoirs pour être un bon fermier. Il sent qu'il y a une raison pour laquelle il possède de telles capacités. Mais laquelle ?

— Approchez-vous, approchez-vous ! s'exclame un des exposants de la foire en interrompant la réflexion de Clark. Venez essayer le labyrinthe de maïs !

Ce labyrinthe, qui s'étend sur plus de deux hectares, offre aux spectateurs de tous âges la possibilité de se perdre entre des rangées d'épis de maïs installées selon des plans compliqués, pleines de tournants et de culs-de-sac. Les épis sont trop hauts pour qu'on puisse voir au-dessus et trop épais pour regarder à travers… sauf si on s'appelle Clark, bien sûr.

Il songe un instant à tester le labyrinthe, mais ce serait trop facile pour lui de tricher grâce à sa super-vision. Il pourrait trouver la sortie en un instant s'il le voulait. Il préfère donc se tourner vers le stand de bowling-citrouille.

— Allez, jeune homme ! encourage un des bénévoles de la foire en s'adressant à Clark. Viens essayer !

Plusieurs pistes de bowling en plein air ont été installées près d'un tas de citrouilles orange. L'objectif est de faire rouler une véritable citrouille pour faire tomber les quilles à l'autre bout. C'est plus dur que cela en a l'air.

— D'accord, répond Clark qui n'a rien de mieux à faire. Pourquoi pas ?!

Il s'empare d'une citrouille bien ronde en faisant semblant de la trouver lourde. En réalité, il aurait pu la soulever d'un doigt, mais il se sert plutôt de ses deux mains. Quelques passants s'arrêtent pour l'observer.

— Hé, regardez ! C'est Kent ! lance une voix familière.

Clark gémit intérieurement. C'est Whitney, accompagné de ses amis.

— La citrouille est trop lourde pour toi, minable ? demande la brute, ravie de pouvoir de nouveau se moquer du garçon.

Trois ans se sont écoulés depuis que Clark a secrètement sauvé la vie de Whitney, mais celui-ci est toujours aussi insupportable. Certaines choses ne changent jamais.

— Tu devrais peut-être en prendre une plus petite ! continue Whitney.

Clark a envie de se valoriser en faisant tomber toutes les quilles d'un coup, mais cela risquerait d'attirer l'attention. Il vaut mieux se montrer prudent.

— Je peux m'en sortir, Whitney, répond-il.

Clark feint de haleter sous l'effort et lance la citrouille à deux mains. Elle rebondit sur la piste, mais n'a pas assez de puissance pour faire tomber plus de deux quilles. Les autres restent bien droites.

— Pas de chance ! déclare le bénévole responsable du jeu. Peut-être la prochaine fois...

— C'est le mieux que tu puisses faire ? ricane Whitney, peu impressionné. Laisse-moi te montrer comment on fait.

Il marche d'un air fanfaron vers le tas de citrouilles et soulève la plus grosse d'entre elles. Il lance le lourd projectile orange sur une autre piste et renverse les dix quilles d'un coup. Ses amis poussent des cris de joie et le félicitent. Le responsable lui remet un gros ours en peluche en guise de récompense.

— Super ! se vante Whitney. Tu vois, Kent ? C'est comme ça qu'on joue !

Clark est fou de rage, mais il se contrôle, comme ses parents le lui ont toujours enseigné. Il reste les bras ballants alors que Whitney et ses acolytes le poussent pour se diriger vers le labyrinthe de maïs. Clark les entend rire et se moquer de lui. Whitney jette l'ours en peluche dans une poubelle. Il n'en voulait pas, il avait simplement envie de battre Clark.

— Ton premier lancer n'était pas *si* mauvais, le console le responsable, qui a l'air désolé pour le garçon. Tu veux réessayer ?

Clark secoue la tête. Whitney et ses amis ont gâché son plaisir. Il est frustré de ne pas pouvoir utiliser toute sa force. Il commence à en avoir assez de toujours se retenir. À quoi bon avoir tous ces super-pouvoirs s'il ne peut jamais s'en servir ?

— Non, merci, répond-il.

Peut-être qu'il devrait juste aller se chercher quelque chose à manger. Il est en train d'hésiter entre un hamburger et un hot-dog lorsqu'il sent de la fumée qui s'échappe du fin fond du labyrinthe de maïs. Des cris et des hurlements attirent son attention. Une foule de gens affolés, dont Whitney et ses amis, se précipite hors du labyrinthe qui semble avoir pris feu.

L'incendie s'étend très vite. Des flammes jaunes et orange dévorent les rangées de maïs et les transforment en murs de feu de trois mètres de hauteur. Clark sent la chaleur sur son visage. Il espère que personne ne se trouve à l'intérieur.

— Ma fille ! s'écrie une femme, désespérée. Est-ce que quelqu'un a vu ma fille ?

Elle tente de se jeter dans le brasier, mais ses voisins la retiennent. C'est trop dangereux de pénétrer à l'intérieur du labyrinthe, les flammes se multiplient trop rapidement. Partout, les feuilles de maïs se consument.

— Lâchez-moi ! hurle la femme. Je dois retrouver Susie !

Le bruit d'une alarme d'incendie vient s'ajouter au chaos. Le temps d'attendre que les pompiers se fraient un chemin à travers la foule, il sera trop tard. Clark ignore les gens paniqués qui le bousculent et scrute le labyrinthe avec sa super-vision.

Il aperçoit rapidement une petite fille de sept ans à peine, perdue au milieu des épis de maïs en feu. Elle est en train de pleurer, mais ses sanglots sont couverts par les sirènes et le rugissement des flammes. Le labyrinthe est rempli de fumée, et Susie étouffe. Elle est toujours en vie, mais Clark doit agir vite.

Personne ne fait attention à lui dans ce chaos. Il prend une grande inspiration et se jette tête la première dans le feu.

Tiens bon, Susie, pense-t-il. *J'arrive !*

Des rangées de maïs enflammé l'entourent de toutes parts. Clark ne cherche pas à suivre le labyrinthe, il traverse juste les murs en ligne droite vers la fillette. Les flammes brûlent ses vêtements, mais ne roussissent même pas sa peau, indestructible. La fumée épaisse aveuglerait n'importe qui ; Clark, lui, regarde directement au travers.

Il franchit un mur de feu pour atteindre Susie. La fumée et la suie dissimulent son visage. De toute façon, la petite fille est si terrifiée qu'elle ne le reconnaîtrait pas. Elle court vers lui en pleurant.

— Tout va bien, la rassure Clark. Je suis là.

Il la prend dans ses bras et cherche autour de lui un moyen de sortir. Le chemin qu'il a tracé à l'aller grâce à sa force brute a déjà disparu sous les flammes et la fumée. Cela ne lui pose aucun problème, mais pour Susie, c'est une autre affaire. Elle a déjà du mal à respirer. Il faut qu'il l'éloigne du feu le plus vite possible.

Il lève les yeux au ciel. C'est la voie la plus sûre.

Il s'accroupit, puis bondit dans les airs. Son saut est assez puissant pour les projeter tous deux loin au-dessus des épis de maïs en flammes et de la fumée. Les enfants atterrissent sur une aire de pique-nique à l'extérieur du labyrinthe. Les tables et les bancs sont vides, abandonnés par les visiteurs affolés.

— Ça va ? demande Clark.

— Euh… oui, répond Susie. Je crois.

Malgré la toux qui accompagne ses mots, elle semble mieux respirer. Clark examine rapidement ses poumons avec sa super-vision et ne détecte aucun dommage. Susie regarde avec de grands yeux son sauveur, recouvert de suie et de cendres.

— Qui es-tu ? demande-t-elle.

— Juste un ami, répond Clark.

De nombreuses personnes se précipitent vers eux. Le garçon réalise qu'il doit fuir avant qu'on le reconnaisse malgré la suie. Il aperçoit la mère de Susie dans la foule et lui tend hâtivement l'enfant.

— Voilà, madame, lance-t-il en déguisant sa voix. Elle va bien.

— Susie ! s'exclame la mère en serrant sa fille dans ses bras. Dieu merci, tu n'as rien !

Des larmes de bonheur coulent sur ses joues.

Clark n'attend pas qu'on le remercie. Il se jette de nouveau dans le labyrinthe en feu, certain que personne de sensé ne le suivra jamais là. La tempête de flammes ne le perturbe pas plus que ça tandis qu'il réfléchit à la suite des événements.

Que faire ? Sa super-vision lui confirme que personne d'autre n'est coincé dans le labyrinthe, mais le danger n'est pas écarté pour autant. Le feu menace de s'étendre au reste de la foire, avec ses stands collés les uns contre les autres et ses granges pleines de paille. Les vaches, les chevaux et le reste du bétail s'affolent déjà. Clark est inquiet pour ses parents, et pour les centaines de visiteurs et d'animaux qui se trouvent à proximité. Et s'ils ne parvenaient pas à fuir assez vite ?

Le garçon aperçoit un château d'eau non loin de là qui s'élève au-dessus de la foire. Soudain, il sait quoi faire.

Les flammes et la fumée le dissimulent alors qu'il bondit hors du labyrinthe. Il atterrit au pied du château d'eau. D'épais piliers d'acier de plus de quarante mètres soutiennent un énorme réservoir rempli de plus d'un million de litres d'eau !

Ça devrait suffire, pense Clark.

Il observe la foire et vérifie qu'il ne reste personne sur le chemin. Heureusement, les gens se sont enfuis loin du labyrinthe. Les pompiers essaient toujours de se frayer un chemin à travers la foule pour atteindre le feu, mais Clark se rend bien compte qu'ils n'arriveront jamais à temps.

Tout dépend de lui.

Il aligne le château d'eau avec le labyrinthe et commence à pousser l'un des piliers. L'énorme réservoir rempli à ras bord est plus lourd que tout ce qu'il a jamais tenté de déplacer, mais il pose son épaule contre l'acier et utilise toute sa super-force. Il grogne sous l'effort. Cette fois-ci, il ne fait pas semblant : ce n'est pas aussi facile que de soulever une citrouille. Il serre les dents.

Pendant un moment, le château d'eau refuse de bouger, puis il commence à céder. Dès que le réservoir se met à pencher, la gravité s'occupe du reste. Les énormes piliers d'acier s'arrachent de leurs amarres en béton, et le bâtiment entier s'effondre.

Attention là-dessous !

Le réservoir s'écrase sur le labyrinthe en feu. Le métal explose, et des milliers de litres d'eau se répandent sur les flammes qui s'éteignent aussitôt. Un gigantesque panache de fumée s'élève dans les airs. Les pompiers et les spectateurs poussent des cris de joie. La foire est sauvée !

Mais personne ne doit savoir qui a éteint le feu et sauvé Susie. Clark s'échappe des fondations du château d'eau avant que quiconque ne le voie. La chute inespérée du réservoir devra rester un mystère. Clark se demande comment les journaux l'expliqueront.

Il nettoie la suie sur son visage et rejoint la foule. Il est rassuré de voir ses parents sains et saufs dans un parking à proximité ; le périmètre de la foire est désormais interdit au public. Des centaines de personnes s'agitent dans tous les sens en observant le spectacle. D'autres fuient en voiture aussi loin qu'elles le peuvent. Jonathan et Martha attendent près de leur camionnette. Ils sont soulagés de voir arriver leur fils.

— Clark ! s'exclame sa mère en se précipitant vers lui pour le serrer dans ses bras. Nous t'avons cherché partout !

Le garçon n'est pas certain qu'il doive leur dire ce qu'il a fait.

— Euh... j'étais un peu occupé, répond-il finalement.

— Tu m'étonnes ! répond Jonathan, qui a tout compris.

Il regarde les vêtements carbonisés de son fils et lui tend sa propre veste pour couvrir le tissu brûlé. Il lui sourit.

— Bien joué, fiston. Je suis fier de toi.

Clark réalise que son père connaît la vérité.

— Tu n'es pas en colère parce que j'ai utilisé mes pouvoirs ?

— D'après ce que j'ai compris, tu as sauvé une petite fille, et même la foire tout entière, répond Jonathan en haussant les épaules. Difficile de te punir pour ça !

Il baisse la voix, regarde autour de lui pour vérifier que personne ne les écoute, puis ajoute :

— Personne ne t'a vu, n'est-ce pas ?

Clark secoue la tête.

— Je ne crois pas, répond-il. Il y avait beaucoup de fumée, de chaos. Tout le monde fuyait les flammes.

— Parfait, conclut Jonathan. Tu deviens grand. Il va falloir qu'on te laisse prendre des décisions tout seul, parfois.

Le fermier pose une main sur l'épaule de son fils. Il observe les restes fumants de l'incendie, qui n'est plus un danger pour la foire inondée. De l'eau boueuse charrie des cendres et des épis de maïs carbonisés. Le bétail est libéré et emmené en sécurité. Jonathan hoche la tête avec approbation.

— Aujourd'hui, on dirait que tu as pris la bonne décision.

— J'en suis sûre, intervient Martha.

Et je suis certaine que la mère de cette fillette te remercierait si elle le pouvait.

Les louanges de ses parents réchauffent le cœur de Clark. Il se sent fier de lui et content d'avoir pu utiliser ses pouvoirs pour éviter une tragédie, comme lorsqu'il a sauvé Whitney de la noyade, il y a quelques années. Ça lui semble naturel d'exploiter ses talents ainsi, un peu comme si c'était son destin. Il se sent tout à coup très reconnaissant d'avoir de tels pouvoirs.

Il ne comprend toujours pas pourquoi il est différent des autres, mais il sait désormais ce qu'il veut faire de sa vie et connaît la raison pour laquelle il est pourvu de telles aptitudes : il est né pour aider les gens.

Clark est occupé à regarder les étoiles lorsque son père le rejoint sous le porche. Jonathan regarde le garçon, pensif. Il finit par hocher la tête, comme s'il venait de prendre une décision.

— Qu'est-ce qu'il y a, papa ? demande Clark.

— Je pense qu'il est temps.

Clark remarque que son père a l'air grave.

— Temps de quoi ? l'interroge-t-il.

— De te donner quelques réponses, explique Jonathan. De te dire pourquoi tu as de tels pouvoirs.

Clark se lève d'un bond, incapable d'en croire ses oreilles. D'aussi loin qu'il se souvienne, ses parents lui ont toujours dit qu'il comprendrait quand il serait plus grand, et il lui a toujours semblé que ce jour, qu'il a attendu toute sa vie, n'arriverait jamais.

— Dis-moi ! s'exclame-t-il. J'ai besoin de savoir. Comment est-ce que je parviens à faire tout ça ? Pourquoi est-ce que personne d'autre n'y arrive ?

— Viens avec moi, lui répond son père. Je vais te montrer quelque chose.

Il entraîne Clark vers la vieille grange derrière la maison. Comme il fait sombre dans la cour, il allume une lampe de poche pour se guider. La bâtisse en bois tombe en ruine – elle a été remplacée par une grange plus grande lorsque Clark était plus petit. On lui a toujours dit de ne pas y entrer parce que ce n'était plus sûr.

Jonathan déverrouille la porte et demande à son fils de l'ouvrir. Les gonds rouillés grincent tandis que Clark pousse la lourde porte. De ce qu'il en sait, personne n'a posé le pied ici depuis des années.

Que cachent donc ses parents là-dedans ?

Le plancher de la grange est couvert d'objets abandonnés et de toiles d'araignées. Jonathan déplace une vieille brouette et révèle une trappe dans le sol. Clark soulève le panneau. Des marches en bois conduisent à l'intérieur d'une vieille cave à légumes dont le garçon ne connaissait même pas l'existence. Il regarde son père, troublé.

— C'est en bas, explique Jonathan.

Clark descend les marches quatre à quatre. Contrairement à son père, il n'a pas besoin de lampe pour voir. Il écarquille les yeux en apercevant un large objet, à peu près de la taille d'un tracteur, qui repose au milieu de la cave. La bâche poussiéreuse qui le recouvre n'a pas l'air d'avoir été dérangée depuis une éternité.

— C'est ce truc ? demande Clark.

Son père appuie sur un interrupteur, allumant l'unique ampoule de la cave.

— Vas-y, l'encourage son père. Tu peux regarder.

Clark n'enclenche même pas sa supervision. Il se contente d'arracher la bâche pour découvrir un vaisseau spatial bizarre, qui ne ressemble à rien de ce que la NASA a pu envoyer en orbite. Des marques de brûlure noircissent la carapace extérieure, comme si la capsule avait subi un incendie ou avait résisté à la chaleur en pénétrant dans l'atmosphère terrestre. Une écoutille s'ouvre sur un petit compartiment semblable à un berceau.

— Nous t'avons trouvé là-dedans, explique Jonathan. Ce vaisseau s'est écrasé dans notre champ il y a treize ans, alors que tu n'étais qu'un bébé.

Clark regarde la capsule. Il est en état de choc. Son esprit essaie d'assimiler ce que cela implique sur *qui* il est, sur *ce* qu'il est.

— D'où... d'où est-ce qu'il venait ? murmure-t-il.

— Pas de la Terre, répond son père. Au début, nous avons cru que c'était peut-être une invention des Russes, mais pas longtemps. J'ai fait tester un morceau de la coque chez un scientifique de l'Université du Kansas. Il n'a même pas pu me dire avec quels matériaux celle-ci avait été construite.

— Alors… je suis un extraterrestre ? demande Clark.

— Tu es notre fils, insiste Jonathan. Et tu le seras toujours. Mais, quelque part, là-haut, tu as aussi un autre père et une autre mère. C'est d'eux que tu as dû hériter tes super-pouvoirs.

C'est beaucoup trop d'informations à la fois. Clark tend la main et touche le vaisseau. Cela ne ressemble pas exactement à du métal.

— Est-ce que tu sais d'où je viens ? Et pourquoi ils m'ont envoyé ici ? souffle-t-il.

— J'aimerais le savoir, fiston, répond Jonathan en secouant la tête.

— Mais il doit bien y avoir des indices ! proteste Clark. Est-ce qu'il y avait quelque chose avec moi ?

La révélation incroyable de son père suscite encore plus de questions.

— Juste une chose, dit Jonathan.

Il traverse la cave et se penche sur un établi dans un coin. Des articles de journaux qui parlent d'ovni sont accrochés sur un panneau au-dessus de la table. Il ouvre un tiroir et en sort un petit objet noirci.

— Nous avons trouvé ça à l'intérieur, avec toi.

Il tend l'objet à Clark. C'est une pointe noire polie, qui mesure à peine dix centimètres. La lettre S est gravée dessus. Clark l'examine en essayant de comprendre.

— Que veut dire le « S » ? demande-t-il.

— Aucune idée, répond son père. Mais je suppose que ceci t'appartient, maintenant. Qui sait ? Peut-être que c'est la clé pour découvrir tes origines… un jour.

Cela n'est pas suffisant pour Clark.

— Mais qu'est-ce que tout ça veut dire ? proteste-t-il. Pourquoi suis-je ici ?

— En fin de compte, ça dépend de toi, fiston, murmure Jonathan.

Il s'assoit sur les marches. On dirait qu'il a réfléchi à cela toute sa vie.

— Il faut que tu choisisses quel type d'homme tu veux devenir, Clark, reprend-il. Parce que, quel que soit cet homme, il changera le monde.

Les paroles de son père hantent Clark tandis qu'ils referment la porte de la grange. Le vaisseau mystérieux reste caché en bas, comme il l'a été durant toute la vie du jeune garçon. Clark ne peut pas croire que la capsule se trouvait dans la vieille grange durant toutes ces années.

— Tu rentres à la maison, fiston ? demande Jonathan.

Clark secoue la tête, puis regarde les étoiles.

— Pas tout de suite, répond-il. Je pense que j'ai besoin de passer un peu de temps tout seul.

— Je comprends, dit son père. Souviens-toi simplement que ta mère et moi sommes toujours là si tu as envie de parler.

— Je sais, soupire Clark. Merci.

Son père rentre chez eux et le laisse seul avec ses pensées. Clark bondit au sommet du vieux moulin. Il s'assoit souvent là-haut lorsqu'il doit réfléchir. Cela fait des années qu'il ne s'inquiète plus de tomber et qu'il n'utilise plus l'échelle pour monter.

Il comprend désormais pourquoi il ne s'est pas blessé, il y a si longtemps. Et pourquoi il est si différent des autres.

Il n'est pas du tout humain. Il est un extraterrestre.

Un étrange visiteur venu d'une autre planète.

Cela explique beaucoup de choses, mais il a tout de même du mal à l'accepter. Il se *sent* humain, il a toujours pensé qu'il en était un. Mais, en fait, qu'est-il réellement ? Et d'où vient-il ?

L'univers étoilé s'étend au-dessus de lui, trop loin pour qu'il puisse le toucher. Il sait que les étoiles sont en réalité des soleils lointains, situés à des millions d'années-lumière. Vient-il d'une planète qui tourne autour d'un de ces soleils ? Laquelle ?

Clark examine le petit objet que son père a trouvé dans le vaisseau il y a des années. Il le tourne et le retourne dans ses mains. Ses doigts suivent les contours du « S » majuscule gravé dessus. Il se gratte la tête, perplexe.

— Pourquoi un « S » ? se demande-t-il à voix haute. *Spatial* ? *Soleil* ? *Secret* ?

Peut-être que ce n'est même pas un « S », mais un symbole extraterrestre bizarre qui ressemble à une lettre humaine. Cela aussi, c'est possible.

À quoi ressemble sa vraie planète ? Et à quelle distance se trouve-t-elle ? Ce n'est pas étonnant qu'il ait toujours été fasciné par l'univers et les étoiles : c'est de là qu'il vient.

Mais pourquoi se trouve-t-il sur Terre ? Pourquoi l'a-t-on envoyé ici ?

« Ça dépend de toi », a dit son père.

Clark cesse de regarder le ciel. Il baisse les yeux vers Smallville au loin, et le monde au-delà. Il se souvient à quel point cela semblait juste de sauver Susie des flammes, et Whitney de la noyade. Qu'il soit humain ou non, il a la possibilité de faire la différence sur Terre, et peu importent ses origines.

De nombreuses questions restent encore en suspens, mais l'une d'elles a trouvé une réponse : Clark veut devenir un héros.

CHAPITRE 16

Superman vole au-dessus de Metropolis dans le sillage du tremblement de terre. Il repense à sa jeunesse. Il a fini par apprendre la vérité sur sa naissance. Il est le Dernier Fils de Krypton, envoyé sur Terre par ses parents biologiques, Jor-El et Lara, pour qu'il ait une chance de survivre dans un nouveau monde. Le

« S » sur son torse, qui veut désormais dire « Superman », était autrefois le blason de sa famille kryptonienne. Il honore son sacrifice en faisant de son mieux tous les jours pour protéger les habitants de sa planète d'adoption. Krypton a disparu, mais il peut toujours se battre pour la vérité et la justice sur Terre…

Le tremblement de terre semble terminé, mais Superman reste sur ses gardes. Des équipes de sauvetage sont déjà à l'œuvre dans les rues jonchées de débris. Superman observe avec fierté les secours d'urgence, assistés de citoyens ordinaires, qui viennent en aide à leurs compatriotes. Il y a beaucoup de gens bien à Metropolis, comme à Smallville.

Des flammes jaillissent soudain d'une conduite de gaz brisée sous la chaussée. Craignant une explosion, les équipes de secours s'écartent du brasier. Une colonne de flammes orange vif s'élève dans le ciel comme si elle sortait du plus grand chalumeau du monde. Superman sent la fumée et la vapeur âcre à plus de trois cents mètres de distance. Il plisse le nez.

Il vaut mieux que je m'occupe de ça, pense-t-il.

Il plonge vers la rue, fendue en deux par une large fissure. Sans prêter attention aux flammes, il se glisse à l'intérieur de la faille pour atteindre la conduite, désormais à l'air libre. Il attrape les deux extrémités du tuyau brisé et les emboîte l'une dans l'autre à mains nues. Le feu s'éteint. Il serre encore plus fort, pour s'assurer que les deux morceaux ne laisseront plus s'échapper de gaz.

— Ça devrait suffire, observe-t-il.

Il bondit hors de la fissure et atterrit sur la route, prêt pour sa prochaine mission. Une policière reconnaissante se précipite vers lui. Elle est couverte de poussière, d'égratignures et de bleus à force de secourir les gens coincés sous les gravats.

— Merci, Superman ! s'exclame-t-elle. La dernière chose dont nous avions besoin, c'était d'un incendie incontrôlable.

— Pas de problème, répond Clark en regardant autour de lui, rassuré de ne pas voir de victimes au milieu des décombres. On dirait que nous avons du pain sur la planche !

— Nous allons reconstruire, affirme la policière avec confiance. Metropolis a déjà subi beaucoup de choses, mais on se relève toujours, plus forts et plus grands qu'avant.

Superman admire son tempérament. Il espère que le pire est maintenant derrière eux.

Mais ce n'est pas le cas.

Une nouvelle secousse ébranle la ville. Les passants poussent des cris d'alarme et se préparent à subir encore plus de dégâts. Inquiet, Superman s'envole et utilise tous ses super-sens pour localiser l'épicentre du tremblement de terre. Les grondements souterrains attirent son attention vers le port, et la mer au-delà. Les secousses semblent venir de quelque part au fond de l'océan. En regardant dans cette direction, Superman réalise qu'un danger mortel menace toujours la ville.

Un raz-de-marée monstrueux, provoqué par les secousses sous-marines, se dirige vers Metropolis. Dans quelques minutes, un mur d'eau de plus de quinze mètres de hauteur s'abattra sur la ville et la noiera.

— Oh, non ! s'exclame Superman.

La dévastation causée par le tremblement de terre n'est rien comparée à celle que pourrait provoquer ce raz-de-marée.

Des quartiers entiers, déjà endommagés par les secousses, disparaîtraient avec tous leurs habitants. Les métros seraient engloutis avec leurs passagers.

— Non ! refuse Superman. Pas si j'ai mon mot à dire !

Il fend les airs en direction de la vague. Il passe au-dessus de la côte, qui sera la première à subir le raz-de-marée, et file au-dessus du port. Des sirènes résonnent pour indiquer aux habitants de se réfugier en hauteur.

Le mur d'eau est plus haut que les gratte-ciel. Il mugit comme un ouragan. Par rapport à lui, le torrent d'autrefois, à Smallville, ressemble à un simple ruisseau. Il ne suffira pas à Superman de faire tomber un arbre avec sa vision laser, cette fois-ci. Et il ne peut pas arrêter un raz-de-marée de la même manière qu'un train ou un camion.

Il va devoir utiliser toutes ses forces, et il espère qu'elles seront efficaces.

De l'écume froide lui fouette le visage. Ses yeux se mettent à briller comme l'immense soleil rouge de Krypton. Superman libère toute la force de sa vision laser, toute l'énorme énergie solaire concentrée dans les cellules de son corps. Le chaud soleil jaune de la Terre le baigne de sa lumière et lui donne la puissance dont il a besoin pour sauver Metropolis de l'engloutissement.

Oui ! pense Superman. *Je peux y arriver !*

Un rayon d'énergie d'un rouge éblouissant crépite à travers les airs et vient frapper le raz-de-marée. Des millions de litres d'eau colérique sont vaporisés dans la seconde par le laser. Une montagne de fumée s'élève dans le ciel, loin de la ville, mais la vague continue d'avancer. Elle a beau être plus petite, elle parviendra à inonder les bas quartiers et à détruire la côte. Des milliers – peut-être même des millions – d'innocents sont toujours en danger.

Superman n'abandonne pas. Il concentre l'énergie illimitée du soleil dans ses yeux et continue à faire s'évaporer l'eau devant lui. Il vole à reculons pour rester devant le raz-de-marée, qui diminue mais n'est désormais plus qu'à quelques secondes de s'abattre sur la côte. L'effort consume son énergie. Il a la tête qui tourne, mais il rassemble ses dernières forces dans sa vision laser. Les rayons rouges incandescents vaporisent des tonnes d'eau, réduisant la taille de la vague. L'air est rempli de nuages de fumée brûlante. Seule la peau indestructible de Superman l'empêche d'être ébouillanté vivant.

J'y suis presque, pense-t-il. *Encore un peu…*

Le raz-de-marée qui heurte finalement la côte est de petite taille et de faible puissance. Une vague de vingt centimètres frappe le port et les quais abandonnés avant de retourner dans la mer. Seules quelques flaques d'eau témoignent de son passage.

Metropolis est sauvée !

Épuisé, Superman tombe du ciel et s'écrase sur le port. Il ne se rappelle pas la dernière fois qu'il s'est senti aussi fatigué, mais il sait que cela en valait la peine. Désormais, Metropolis pourra récupérer du tremblement de terre et se reconstruire.

Avec son aide, bien sûr.

Des habitants inquiets qui avaient fui l'énorme vague retournent sur la côte pour vérifier que Superman va bien. Ils pataugent à travers les flaques d'eau salée et rejoignent leur héros.

— Vous allez bien ? demande un robuste ouvrier en aidant Superman à se relever. Je n'arrive pas à croire ce que vous venez de faire ! Je pensais qu'on allait tous mourir !

— Je ne le permettrai jamais, promet Superman. Et ça va aller, merci. J'ai juste besoin d'un peu de repos.

Le brillant soleil jaune le baigne de ses rayons et restaure sa force. Superman se redresse ; il se sent déjà mieux. Il est soulagé de voir que le sol ne vibre plus. On dirait que le tremblement de terre est définitivement terminé.

Des curieux courent à travers les rues trempées pour mieux voir l'Homme d'Acier. Ils applaudissent et prennent des photos avec leur téléphone. Des enfants excités gloussent et montrent leur héros du doigt.

— Bien joué, Superman ! s'écrie quelqu'un.

— Heureusement que tu étais là ! ajoute un autre.

— Je suis content d'avoir pu vous aider, répond honnêtement Superman. Vous pourrez toujours compter sur moi.

Il se mêle à la foule reconnaissante, serre les mains et accepte les accolades.

— Souriez pour la photo ! crie un spectateur.

Superman obéit avec plaisir.

Lorsqu'il était encore jeune, à Smallville, il a dû fuir et se cacher pour ne pas révéler son secret. À présent, il peut enfin utiliser ses super-pouvoirs devant tout le monde, pour le bien de l'humanité. Il a presque envie de pouvoir voyager dans le temps, pour dire au Clark du passé que tout va bien se passer. Autrefois, il se sentait seul, il était perdu, il ne savait ni qui il était ni quelle était la raison de sa présence sur Terre.

Mais plus aujourd'hui.

Car le garçon de Smallville est devenu Superman… l'Homme d'Acier.

Fin

TABLE

Prologue 5
Chapitre 1........................ 17
Chapitre 2........................ 25
Chapitre 3........................ 41
Chapitre 4........................ 51
Chapitre 5........................ 61
Chapitre 6........................ 75
Chapitre 7........................ 89
Chapitre 8........................ 99
Chapitre 9..................... 113
Chapitre 10.................... 123
Chapitre 11.................... 127
Chapitre 12.................... 133
Chapitre 13.................... 141
Chapitre 14.................... 149
Chapitre 15.................... 167
Chapitre 16.................... 179

PAPIER À BASE DE
FIBRES CERTIFIÉES

hachette s'engage pour l'environnement en réduisant l'empreinte carbone de ses livres. Celle de cet exemplaire est de :
550 g éq. CO_2
Rendez-vous sur
www.hachette-durable.fr

Photogravure Nord Compo - Villeneuve d'Ascq

Imprimé en Espagne par CAYFOSA
Dépôt légal : juin 2013
Achevé d'imprimer : juin 2013
20.3673.9/01 – ISBN 978-2-01-203673-4
Loi n° 49956 du 16 juillet 1949
sur les publications destinées à la jeunesse